ハヤカワ epi 文庫
〈epi 40〉

バルザックと小さな中国のお針子

ダイ・シージエ
新島　進訳

epi

早 川 書 房

6045

BALZAC ET LA PETITE TAILLEUSE CHINOISE
by
Dai Sijie

Translated by
Susumu Niijima
Published 2007 in Japan by
HAYAKAWA PUBLISHING, INC.
This book is published in Japan by
arrangement with
ÉDITIONS GALLIMARD
through BUREAU DES COPYRIGHTS FRANÇAIS, TOKYO.

バルザックと小さな中国のお針子

第一章

村長は五十がらみの男で、部屋のまんなかであぐらをかいて座っていた。横では、土間に直接掘ったいろりのなかで石炭が焚《た》かれている。村長は僕のヴァイオリンを調べていた。羅《ルオ》と僕、村人たちからすれば、まさに都会青年である僕ら二人の荷物のなかで、そのヴァイオリンだけが奇妙な感じ、文明の香を漂わせていたらしく、疑いの目が向けられるのも無理はなかった。

農民が一人、それが何なのかよく見ようと、石油ランプを手にして近づいてきた。村長はヴァイオリンを縦にしてもちあげると、麻薬を念入りに探す税関吏のように、胴体の黒い穴をじろじろと眺めた。僕はその左目に、血の粒が三つあるのに気づいた。大きいのがひとつ、小さいのが二つ、どれも鮮やかな赤だった。

ヴァイオリンを目の高さまで掲げると、今度は胴体の奥の暗がりから何か出てきやしないかと乱暴に振る。今にも弦《げん》が切れ、指板が粉々に吹き飛びそうになる。

山の頂《いただき》にぽつんと立つ、高床式の家。その一階に、村人のほとんどが集まっていた。室内は男や女、子供たちでごったがえし、窓にしがみついている者、戸ロの前で押し合いへし合いしている者もいた。村長は楽器から何も落ちてこないと見ると、黒い穴に鼻を近づけ、ぐっと一息、においをかいだ。左の鼻の穴から二、三本伸びていた、長くて汚い剛毛が震える。

これといった手がかりは、やはりない。

たこのできた指を弦に滑らせ、次の弦に……。聞き慣れぬ音が響くと、全員がたちまち凍りついた。誰もがその音に、いくばくかの敬意を強《し》いられたかのようだった。

「これはおもちゃである」村長は厳《おごそ》かに言った。

この判決に羅《ルオ》と僕は言葉をなくした。代わりにさっと、不安混じりの視線を交わす。どうなってしまうのかと僕は自問していた。

農民の一人が村長の手からおもちゃを受けとり、げんこつで胴体の裏を叩くと、別の男に渡した。ヴァイオリンは長いこと村人のあいだで回された。僕たちのことなどお構いなし。惨《みじ》めったらしくて、痩せこけていて、へとへとになっている、おかしな都会の二人の子など。一日じゅう山を歩いたおかげで服も顔も髪も泥まみれ。プロパガンダ映画に出てくる敵軍の兵士のようだった。戦いに敗れた後、大勢の共産党農民に捕らえられた、下っ端の兵隊二人といったところだ。

「ばかげたおもちゃだ」女がかすれた声で言った。

「いいや、これは資産階級のおもちゃだ、街のもんだ」村長が正す。

部屋のまんなかでは大きな火が焚かれていたが、僕は寒気がした。村長がつけ加える。

「焼いてしまうべ！」

命令が発せられるや、村人たちはそれに激しく応えた。いっせいに声をあげ、叫び、押し合った。われさきにとおもちゃに押し寄せ、自分の手で火のなかに投げこもうとしたのだ。

「村長、これは楽器です。こいつは腕のいい音楽家なんです。嘘じゃありません」羅《ルオ》がやすやすと言ってのけた。

村長はヴァイオリンを取り戻すと、今一度調べた。そして僕に差しだす。

「すいません、村長。そんなにうまく弾けません」僕はしどろもどろになっていた。

すると羅《ルオ》の目配せ。僕ははっとしてヴァイオリンを取ると、調弦をはじめた。

「村長、モーツアルトのソナタをお聴かせしましょう」そう言う羅《ルオ》は先ほど同様、いたって平然としている。

僕は呆気《あっけ》にとられ、羅《ルオ》は気がふれたのではないかと思った。この国では数年前からモーツアルトの作品はすべて、いや、西欧の音楽はどの作曲家のものであっても演奏禁止になっていたからだ。靴は水浸しで、濡れた足は凍りつきそうだった。寒気がぶり返してきて僕は身震いした。

「ソナタとは何だ？」村長がいぶかしげに僕に尋ねた。

「知りません、西洋のものです」口が回らなくなる。

「歌か？」

「似たようなものです」そう答えて逃げを打った。

その途端《とたん》、村長の目に、よき共産主義者の用心深さが戻り、口調には敵意がこめられた。

「お前の歌は何という？」

「歌のようなものですが、ソナタなのです」

「わしが尋ねているのは曲名だ！」僕の目をまっすぐ見すえ、村長は怒鳴った。

目に浮かぶ三つの血の粒が、またも恐怖をかきたてた。

「モーツアルトの……」僕は言いよどんだ。

「モーツアルト？」

「《モーツアルトが毛主席《マオ》を偲《しの》んで》ですよ」羅《ルオ》が代わりに続けた。

よくも言ったものだ！　だが、効果は抜群だった。奇跡についての話でも聞かされたかのように、険《けわ》しかった村長の表情が和《やわ》らいだのだ。彼は目を細め、満面の笑みを浮かべた。

「モーツアルトはいつも毛主席《マオ》を偲んでおる」と村長。

「そうですとも、いつもですよ」羅《ルオ》が念を押した。

弓毛を引きしぼると、突然、周りから熱い拍手がわき起こり、僕はむしろ怖《お》じ気づいた。かじかんだ指が弦の上を行き来しはじめると、モーツアルトの旋律《せんりつ》が、仲のいい友だちの顔のようによみがえってきた。一分また一分と、モーツアルトの澄んだ喜びに、農民たちの先ほどまでの強面《こわもて》が、乾いた土が雨水を吸うようにほころんでいった。そして揺れる石油ランプの光のなか、その輪郭はだんだんとぼやけていった。

僕は長いこと弾《ひ》きつづけ、そのあいだ羅《ルオ》は、タバコに火をつけて静かに吸っていた。

一人前の大人のようだった。

再教育の初日はこうして過ぎていった。羅《ルオ》は十八歳、僕は十七歳だった。

　再教育について少しお話ししておこう。一九六八年の暮れのこと、紅色中国の偉大なる革命の舵取り、毛《マオ》主席が起こしたある運動（下放運動）は、この国をすっかり変えてしまった。大学は閉鎖され、知識青年、つまり高等教育を終えた高校生は田舎に送られて、〝貧農下層中農（地主、富農と区別され、労働者階級と並んで革命の担い手とされた農民たち）による再教育〟を受けることになったのだ（数年後、この前代未聞のアイデアは、あるアジアの革命家に影響を与えることになった。さらなる野心に燃え、おまけにもっと急進的だったカンボジアのその彼は、首都の人民を全員、老いも若きもひっくるめて下放したのだった）。

　毛沢東がこの決断に至った真の理由は不明だ。手にあまるようになった紅衛兵と袂《たもと》を分かとうとしたのか。はたまた新しい世代の誕生を望んだ、偉大なる空想革命家の酔狂だったのか。その問いに答えられる者はいなかった。羅《ルオ》と僕はあの頃、陰謀でも企《くわだ》てているように、こっそり議論を重ねたものだ。そして結論はこうだった——毛《マオ》は知識人が大嫌いなのだと。

　山奥にぽつんと立つ高床式の家に着き、村長のためにヴァイオリンを弾いたのは、一九七一年のはじめのことだ。だから人間を用いたこの大実験にモルモットとして供されたのは、僕たちが最初というわけではなかったし、また最後というわけでもなかった。それに僕たちよりずっと不幸な者もいた。何百万人という若者が僕たちの前にいたのだし、さらに何百万人が後に続くはずだった。しかしながらひとつだけ、いわゆる運命の皮肉とでも言えることはあった。羅《ルオ》と僕は高校生ではなかったのだ。不運なことに、高校の教室の席についたことなど一度もなかった。僕たちは中学の三年目を終えただけで知識人とみなされ、山に送られたのだ。

二人が知識人だなんて詐欺のような話だし、中学で習った知識でさえ、とるに足らないのだからなおさらだ。十二歳から十四歳までは、革命が落ち着いて学校が再開されるのを待っていた。だが、やっと入学してみると、がっかりすることばかりで悲しいだけだった。数学の授業はなくなっていた。物理も化学もなかった。基礎知識はもはや農業と工業だけになっていた。教科書の表紙では、帽子をかぶった労働者がシルヴェスター・スタローンのような太い腕で、巨大なハンマーを振りかざしていた。隣に立つ女性は農民の格好をした共産党員で、頭に赤いスカーフをしていた（あの頃、中学生のあいだで流行《はや》っていた下品な冗談に、彼女が生理用ナプキンを頭に巻いているというのがあった）。そんな教科書と赤い小冊子、つまり『毛沢東語録』だけが、数年のあいだずっと、学問的知識の唯一の源泉だったのだ。そのほかの本はすべて禁止だった。

僕たちが高校への入学を拒否され、おまけに、むりやり知識青年に仕立てあげられたのも、当時、二人の親が人民の敵とみなされていたからだった。ただし双方が負っていた罪の重さは、まったく同じというわけではなかった。

僕の両親は医者をしていた。父は呼吸器科医、母は寄生虫病の専門家だった。二人とも人口四百万人の街、成都《チヨントウー》の病院で働いていた。二人の罪とは、省というささいな規模で名声を得ていた臭い学術権威に属していたことにあった。成都は一億の人口を抱える四川《スーチヨワン》省の省都で、北京からは遠く、チベットのすぐ横に位置している。

それに比べて、羅《ルオ》の父親は本物の有名人で、中国全土で知らぬ者とてない偉大な歯科医だった。ある日のこと、それは文化大革命の前のことだが、この父親は教え子たちに向かい、毛沢東の歯は彼が総入れ替えしたものだと語った。毛《マオ》夫人や、共産党が権力を握る前に中華民国の総統だった、蔣介石の歯もだ。実を言えば、何年にもわたって毛《マオ》の肖像を毎日拝まされた結果、少なからぬ者が、その歯がひどく黄ばみ、汚いほどだということに気づいていた。だが、それを口にする者はいなかった。にもかかわらず、高名な歯科医がそんなふうに、偉大なる革命の舵取りは入れ歯をしていると皆の前でほのめかしてしまったのだ。大胆にもほどがあるというわけで、これは常軌を逸した許されざる犯罪、国防上の機密を漏らすよりもまずかった。おまけに、下司《げす》のなかの下司である蒋介石の名を、畏《おそ》れ多くも毛《マオ》夫妻と同列においたため、羅《ルオ》の父親の刑はさらに重くなった。

羅《ルオ》の一家は長いこと僕の家の隣人で、両家ともレンガでできた建物の最上階、四階で暮らしていた。羅は父親にとって五番目の息子で、母親にとっては唯一の子だった。

羅《ルオ》こそが、僕の人生でいちばんの親友であると言っても過言ではない。僕たちは一緒に大きくなり、さまざまな試練をともに味わい、ときには心底辛いことも経験した。喧嘩をしたことはめったになかった。

ただ、一度だけ殴り合いになったことはある。というより僕が殴り倒されたのだが、あれは忘れることのできない思い出だ。一九六八年の夏だった。羅《ルオ》は十五歳くらい、僕が十四かそこらの頃。ある日の昼下がり、僕たちの親が働いていた病院の屋外バスケットコートで、大きな政治集会が開かれていた。二人ともその集会が、羅《ルオ》の父親のために開かれたことを知っていた。皆の前で、その新たな罪が告発されることになったのだ。五時になっても誰も戻ってこないので、羅《ルオ》は僕に、集会に行くのにつきあってくれと頼んだ。

「誰が父さんを告発したり殴ってるのかを確かめるんだ。大きくなったら復讐してやる」羅《ルオ》は言った。

バスケットコートはあふれんばかりの黒山の人だかりになっていた。とても暑い日だった。スピーカーががなりたてている。羅《ルオ》の父親は壇の中央でひざまずいていた。首にずっしりと重そうな大きなセメントの板をかけ、それを吊る針金は肌にめりこんで、ほとんど見えなくなっていた。板には名前と罪状が記されていた。〈反革命分子〉と。

父親の頭の下の地面には、三十メートル離れたところにいた僕からも見えるほどの、汗でできた黒いしみが広がっていた。

男の険しい声がメガホンで叫んだ。

「その看護婦と寝たんだろ、白状しろ!」

父親は頭を垂れた。低く低くどんどんさがっていき、セメントの板で首がへし折れたかと思えた。男がマイクを口に近づけると、弱々しい、震えるような「はい」という声が漏れた。

「どんなふうにだ? 触ったのはお前が先か、それともその女か?」取り調べ役がメガホンでわめく。

「私です」

「その後は?」

数秒の沈黙。そして群衆全体が一人の人間のように叫んだ。

「その後は？」

二千人が復唱した怒鳴り声は雷のようにとどろき、空をぐるぐると回った。

「近づいて……」罪人は言った。

「それで？　詳しく！」

「ですが彼女に触れると、私は……何が何やら五里霧中《ごりむちゅう》になってしまったのです」羅《ルオ》の父親はそう告白した。

狂信的な取り調べ官と化した群衆はなおも怒号《どごう》を炸裂《さくれつ》させていたが、僕たちは立ち去った。道すがら、僕は突然、頰《ほお》に涙が伝わるのを感じ、昔からの隣人である歯科医をどれほど好きであったかを痛いほど感じた。

そのときだった、羅《ルオ》が何も言わず僕の頰を打ったのは。まるで予期せぬ一撃に、地面にひっくり返りそうになった。

一九七一年のこの年、呼吸器科医の息子と、その友にして、毛《マオ》の歯に触れるという僥倖《ぎょうこう》に恵まれた人民の大敵の息子は、他の百人ほどの若い男女となんら変わりなく、ある山に知識青年として送られることになった。山は〝鳳凰《ほうおう》山〟と呼ばれていた。風情のある名だし、その恐ろしいほどの高さを想像していただくのに、よくも名づけたというものだ。つまり平地の惨めな雀《すずめ》やそのへんの鳥では、この山まで高く飛ぶことはできないのだ。たどり着けるのは力強く、どこまでも孤高で、天空と結ばれた伝説の鳥獣だけなのである。

山には道路が通っていなかった。一本の細い道があるだけで、それが巨大岩や鋭峰《えいほう》、大きさも形もさまざまな峰と尾根のあいだをぬって、上へ上へと伸びていた。山では文明の証《あかし》、たとえば自動車の影やクラクションの音を見聞きすることはなく、あるいは食堂からいいにおいが漂ってくることもなかった。いちばん近い町は、百キロも離れた栄経《ヨンジン》という雅河《ヤー》沿いの小さな市街で、そこに行くには山を二日も歩かなければならない。また、この地に足を踏み入れたことのある西洋人はたった一人しかおらず、一九四〇年代にチベットに通じる新しい道を探していたフランス人宣教師、ミシェル神父だった。

そのイエズス会士は旅の手帖《てちょう》にこう記している——「栄経県、わけても〝鳳凰山〟と呼ばれている山には興味が尽きない。かつては、硬貨の製造に用いられていた黄銅で名をはせていた山である。紀元一世紀、漢のある皇帝はこの山を、愛人だった宮殿仕えの宦官長に与えたという。めまいをともなうほど高い鋭峰が四方にそびえ、狭い山道は、せり出した岩のあいだの暗がりを這い登り、霧のなかに消えていくかと見えた。その道を、数人の苦力《クーリー》が荷馬のように降りてきた。各々《おのおの》が、銅の入った大きな梱《こり》を、革ひもで背にくくりつけて担いでいる。だが、銅の生産はとうの昔に廃《すた》れてしまったのだそうだ。主な原因は運搬手段がないことだという。今日、住人たちは山の特殊な地理を利用して阿片を栽培している。いずれにせよ、この山に足を踏み入れるのは自重せよとのことだった。阿片の栽培人たちは一人残らず武装しているからだ。収穫期が過ぎると通行人を襲って暇を潰す。そこで私は、この山を遠くから眺めることでよしとした。その人里離れた未開の地は、大木や蔓草《つるくさ》、生い茂る植物で鬱蒼《うっそう》とし、盗賊が暗がりからぬっと現われて旅行者に躍りかかったとしても、さもありなんと思わせる場所であった」

鳳凰山には二十ほどの村があって、一本しかない山道のうねりに沿って散らばるか、薄暗い谷間にひっそりとあった。どの村もたいてい、街から五、六人の若者を受け入れていた。しかし山の頂にあっていちばん貧しかった僕たちの村は二人を、つまり羅《ルオ》と僕の面倒を見るので精一杯だった。僕たちが身を寄せることになったのは、村長が僕のヴァイオリンを調べた、あの高床式の家だった。

その建物は村の所有物で、人が住むためのものではなかった。家は木の柱で高くもちあげられ、下には豚小屋があって、やはり村の共有財産である太った雌豚が一匹いた。僕たちが暮らしていた部屋は粗い古木でできていて、塗装もされてなければ天井板もなく、以前はトウモロコシや米、傷んだ道具類の倉庫として使われていたところだ。あるいは、不倫相手とこっそり落ち合うのにうってつけの場所だった。

数年のあいだ、その再教育用の住まいには家具というものがなかった。机や椅子さえなく、窓のない小部屋の壁沿いに、二つの寝台が即席で据えられただけだった。にもかかわらず家は、すぐに村の中心になってしまった。左目に三つの血の粒がある村長をはじめ、皆がこぞって訪ねてきた。

それもこれも、すべてもうひとつの鳳凰のおかげだった。極小と言えるほどちっぽけな、むしろ下界の存在で、その持ち主は僕の友、羅《ルオ》だった。

実はそれは鳳凰などではなく、孔雀の羽をつけていばっている鶏だった。薄汚れたガラスの下、秒針がゆっくりと文字盤を回り、鶏は頭をせわしなくさげては、実際にはない地面を、とがった漆黒のくちばしでつつく。想像上の米粒をついばんだことで腹の虫がおさまると、口を開けながら頭をもたげ、見るからに満足げに、紺の縞《しま》が入った汚い緑の羽を震わせる。

羅《ルオ》の目覚まし時計、一秒ごとに鶏が動くあれは、とにかく小さかった！　到着の日、村長の取り調べを逃れたのも、その小ささのおかげだろう。手のひらほどもないが、しかしチャイムの音はきれいで、たいそう耳に優しかった。

僕たちが来るまで、村には目覚まし時計はおろか、腕時計も柱時計もなかった。人々はいつも、日の出と日没を見て暮らしていたのだ。

目覚まし時計が農民たちに及ぼした力は絶大で、ほとんど宗教じみていて、その様子には驚くばかりだった。誰もが時間をうかがいにやって来たのだ。高床式の家は神殿さながらで、執《と》り行なわれる儀式は毎朝変わらぬものだった。まずは村長が、昔の銃のように長い竹のパイプを吸いながら、僕たちの家の周りを行き来する。彼は目覚まし時計から目を離さない。そして九時ぴったりになると、耳をつんざくような警笛を長々と吹いて、農民たちを畑に出すのだった。

「時間であるぞ！　聞いておるか？」四方に散らばる家に向かい、儀式めいた大声を出す。「仕事の時間だ、腰抜けめ！　もたもたするな、牛のふぐりのせがれどもが！」

羅《ルオ》も僕も、山に仕事に出るのがどうにも好きになれなかった。狭く険しい山道は、雲のなかに消えるまで上へ上へと伸びている。小さな荷車を押していくこともできず、人力だけが唯一の運搬手段なのだった。

僕たちをなにより怖じ気づかせたこと、それは、あのくそ忌々《いまいま》しいものを背負わなければならないことだった。人のであれ動物のであれ、どんな堆肥《たいひ》も運ぶことができるよう特別に考案されて作られた、半円筒形の木桶だ。毎日その背負い桶を、水で薄めた排泄物で一杯にし、背にかついで登っていかなければならない。畑はたいてい、めまいがするほどの高みにある。足を一歩踏み出すごとに、耳のすぐ後ろの桶のなかで汚水がぴちゃぴちゃと音をたてる。臭い中身は少しずつ蓋《ふた》から漏れ、垂れてきて体中が糞まみれになる。読者の皆さんのため、転んだ場面については割愛することにしよう。ご想像のとおり、一歩の踏み外しが命とりになった。

ある日の早朝、自分たちを待ちかまえている背負い桶のことを思うと、僕たちはどうしても起きる気になれなかった。村長の足音が近づいてくるのが聞こえたが、それでもまだ寝台にいた。もうすぐ九時で、鶏のほうは素知らぬ顔で食事のまねごとをしていた。そのとき急に、羅《ルオ》がいいことを思いついた。彼は小指を立てると、目覚まし時計の針を反対方向に回して、時間を一時間戻したのだ。そして僕たちは眠りつづけた。この朝寝坊の心地よかったこと。長い竹のパイプを口にした村長が、外で行ったり来たりをしているかと思うとなおさらだった。僕たちの再教育を担《にな》った、共産主義体制のもと貧農下層中農に転向したかつての阿片栽培人たちへの恨みも、この大胆で驚くべき新発見のおかげで、ほとんど帳消しになってしまった。

この歴史に残る朝以来、僕たちはよく目覚まし時計の時間をいじった。体の調子や気分次第で思いのままだった。針を戻す代わりに一、二時間進ませて、その日の仕事を早く終わりにしたこともたまにあった。

そのうち僕たちは、今何時かが本当に分からなくなってしまい、ついには現実の時間という概念など、すっかりどこかにいってしまった。


鳳凰山ではよく雨が降った。三日に二日はまず雨が降っていた。嵐やにわか雨は珍しかったが、ねちねちとしつこい霧雨が降り、二度とあがらないのではないかと思えた。高床式の家の周りでは、岩や鋭峰が不吉な厚い霧に覆われて形がぼやけていき、だらりと現実離れした光景には気がめいったものだ。それに輪をかけるように、屋内は屋内で湿気がひかず、何もかもがカビにやられ、日増しに僕たちを囲いこんだ。これなら土倉の奥に住むほうがまだましだったろう。

夜、羅《ルオ》はときに寝つけないことがあった。起きあがって石油ランプを灯《とも》し、四つん這いになって寝台の下に潜りこむと、薄暗がりのなか、落としておいたタバコの吸い殻を何本か見つけだす。出てくると寝台の上にあぐらをかいて座り、カビの生えたそれを紙きれ（たいていは家族からの大事な手紙だった）にまとめ、石油ランプの炎で乾燥させる。それから吸い殻を振ってタバコ屑を集める。時計職人のような細かい作業で、ひとかけらも無駄にしない。こうして紙巻きタバコができあがると火をつけ、ランプを消す。座ったまま闇のなかで吸い、夜のしじまに耳を傾ける。すると部屋の真下から、鼻先で肥料の山を漁《あさ》っている雌豚の鳴き声が、いっそうはっきりと聞こえてくるのだった。

ときどき、雨がいつにも増して降りやまないことがあり、そうなるとタバコ切れの日が長く続いた。羅《ルオ》は一度、真夜中に僕を起こしたことがあった。

「吸い殻がもうない。寝床の下にも、どこにもない」

「それで？」

「落ちこんできた。ヴァイオリンで一曲弾いてくれないか？」彼は言った。

僕はすぐに言われたとおりにした。弾きながら、ふとわれ知らず、親たちのことを思った。僕の親、そして羅《ルオ》の親のことを。この夜、呼吸器科の医者と、数多《あまた》の功績を残してきた偉大な歯科医が、高床式の家で揺れる石油ランプの灯を見たらどう思っただろう。雌豚の鳴き声に混じったヴァイオリンの響きを聞いたなら……。だが、そこには村の農民はおろか、人っ子一人いなかった。いちばん近い隣家でも、百メートルは優に離れたところにあったのだ。

外は雨だった。たまたまいつもの霧雨ではなく、重く激しい雨が、頭上の屋根瓦《がわら》を打っていた。たぶんそのせいで、羅《ルオ》はなおのこと気分が沈んだのだろう。僕たちは再教育で一生を終えるはめになったのだ。党の官報によれば、労働者や革命派知識人、つまり普通の家庭の若者なら、通常、下手なまねさえしなければ百人が百人、再教育は二年で修了し、街に戻って家族と再会することができた。だが、人民の敵に分類された家庭の子供の場合、運よく帰還できるのはごくわずか、千人に三人だった。数字的に見るならば、羅《ルオ》と僕はもう終わっていたのだ。高床式の家で老いさらばえ、禿げ頭になり、死んで、この地方伝統の白い経帷子《きょうかたびら》に包まれる。それが僕たちに残された明るい未来だった。落ちこみ、もがき苦しみ、眠ることができないとしても、実際それだけの理由はあったのだ。

その夜、僕はまずモーツアルトを一曲、続いてブラームスを弾いた。最後にベートーヴェンのソナタをひとくさり弾いたが、それでも友の気分を盛りあげることはできなかった。

「もう一曲やってくれ」と羅《ルオ》。

「何を聴きたい？」

「もっと明るいやつがいい」

僕は頭を捻《ひね》り、貧しいレパートリーを漁《あさ》ってみた。でも何も見つからなかった。

すると羅《ルオ》が、革命歌の一節を口ずさみはじめた。

「これどう思う？」彼は尋ねた。

「いいねえ」

僕はすぐにヴァイオリンで伴奏をつけた。チベットの歌だったが、歌詞は中国人が、毛《マオ》主席の栄誉を讃えるために変えてしまっていた。にもかかわらず曲は、生の喜びに満ち、その不屈の力を失ってはいなかった。替え歌もそれをすっかりだめにすることはできなかったのだ。ますます興奮してきた羅《ルオ》は、寝台の上に立ちあがり、くるくると回って踊りはじめた。そうこうするうちに大きな雨粒が、屋根瓦の組み合わせの悪いところを通って家のなかにぽつぽつと落ちてきた。

千人に三人。僕はふと思い起こした。僕には千分の三の可能性が残されている。だが、憂鬱《ゆううつ》そうにタバコをふかし、今は踊り子になりきっている羅《ルオ》の確率はもっと低かった。僕はヴァイオリンがうまくなれば、ある日、たとえば栄経県にあるような、市か地方の小さな政治宣伝団に迎えられ、紅のコンチェルトを演奏するために雇われるかもしれない。しかし羅《ルオ》はヴァイオリンを弾けないし、バスケットもサッカーもできない。彼には、千分の三という過酷極まる競争に入っていく切り札がないのだ。さらに悪いことに、そんなことをする気もなかった。

羅《ルオ》の飛び抜けた才能は物語を語ることだった。確かに面白い才能だが、残念なことに余技に過ぎないし、たいした将来性もない。今は『千夜一夜物語』の時代ではないのだ。社会主義であろうと資本主義であろうと、不幸にも語り部は、現代の社会で職業とはなりえないのだ。

羅《ルオ》の語り部としての才能に心から惚れこみ、報酬さえ惜しまなかった唯一の人間は、優美な口承文学を愛した領主の最後の一人、僕たちの村の村長だった。

鳳凰山はあまりにも文明世界から遠かったため、ほとんどの者が映画を観ることなく一生を終え、映画がどんなものかさえ知らなかった。ときどき羅《ルオ》と僕は、映画をいくつか村長に語って聞かせたが、すると彼は、見るからにもっと聞きたがった。ある日、栄経で行なわれる月例上映会の日時を聞きつけた村長は、羅《ルオ》と僕を町に送りこむことに決めた。行くのに二日、帰るのに二日かかる。町に着いたその晩に映画を観なくてはならない。村に戻ると、村長と村人全員に、映画を一から十まるまる、それもちょうど上映の時間に合わせて語って聞かせるのである。

僕たちはこの挑戦を受けたが、念のため、映画を二回連続で観た。間に合わせに野外劇場となった高校の校庭では、町の美人たちが気になったが、とにかくスクリーンに集中した。せりふのやりとり、俳優たちの衣裳やちょっとしたしぐさ、場面ごとの背景、そして音楽にまで注意を傾けた。

村に戻ると、高床式の家の前で、前代未聞の口頭映画会が行なわれた。村人全員がやって来たのは言うまでもない。村長は最前列の中央に陣取り、片手に長い竹のパイプ、もう片手に僕たちの目覚まし時計、あの下界の鳳凰を持って、発表時間を確認していた。

僕はあがりまくってしまい、場面場面の背景を機械的に説明していくのがやっとだった。だが羅《ルオ》のほうは、天才的な語り部の本領を発揮していた。語りはほとんど行なわず、人物を一人一人、声やしぐさを変えて代わる代わる演じた。物語を引っぱり、緊張感を加え、質問を出しては観衆の反応を煽《あお》り、その返答を正した。羅《ルオ》がすべてをやった。僕たちが、いや羅《ルオ》が、許可された時間内にちょうど上演を終えたとき、観衆はうれしそうで、興奮しており、我を忘れていた。

「来月もまた、お前たちを上映会に送る。畑で働いたのと同じだけ金を払う」村長が独裁者のような笑みを浮かべて声高に言った。

それははじめ、愉快なお遊びのようなものだった。よもや僕たちの、少なくとも羅《ルオ》の人生を、大きく揺るがすことになるだろうとは夢にも思っていなかった。

❖

鳳凰山のお姫さまは、薄いピンクの履物をお召しだった。彼女がミシンのペダルを踏むたび、そのしなやかで丈夫そうな布地越しに、足の指の動きを追うことができた。手縫いの履物は、ありきたりの安ものだったが、ほとんどの者が裸足で歩くこの地方ではぱっと目を惹き、手の込んだ貴重品にも見えた。そして白いナイロンの靴下は、足とくるぶしのきれいな形を引きたてていた。

三、四センチの太さでひとつに編んだ長い髪は、うなじに落ち、背中をたどって腰の下まで伸びていた。先端を結ぶ赤いリボンは、繻子《しゅす》と絹を編んだ、ぴかぴかの新品だった。

彼女がミシンに身を乗り出すと、白いシャツの襟《えり》や卵形の顔、そして栄経県の、でなければこの地方の誰よりも美しい瞳が、なめらかな板に映った。

僕たちの村と彼女の村とは、大きな谷で分け隔《へだ》てられていた。店と住まいを兼ねた古い館に住んでいたが、彼女の父親で、山で唯一の仕立屋は留守にしていることが多かった。この仕立屋はひっぱりだこだった。ある家で服を新調しようと思ったなら、まず栄経の町（僕たちが映画を観た町だ）に行って布を買い、それから彼の店に来て、形や値段、服をいつ作るかを話し合う。約束の日になると、朝も早くからうやうやしく仕立屋を迎えに行き、同伴させた屈強な男たちに、交代でミシンを運ばせるのだった。

仕立屋はミシンを二台持っていた。普段、村から村へ一緒に移動するのは古い機械で、商標も製造元の名もすでに読みとれなくなっていた。もう一台はメイド・イン・上海の新品で、仕立屋の娘、つまり小裁縫《シャオツァイフォン》（中国語で「仕立屋」は「裁縫」）のために家に置いていた。父親は、外回りの仕事に娘を絶対に連れていかなかった。この決定は賢明ではあるが無情でもあり、彼女をわがものにせんと望む数多の若い農民たちを、死ぬほどがっかりさせていた。

仕立屋の暮らしぶりは王様のようだった。彼が村にやって来たときのにぎわいときたら、伝統的な祭にもひけをとらないほどだ。客の家ではミシンの音が響きわたり、そこが村の中心になった。一家にとっては富をひけらかす機会であり、仕立屋のために最高の料理をこしらえ、訪問が年の瀬にあたって正月の準備でもしていたなら、豚を供することさえした。仕立屋は方々《ほうぼう》の客の家に順番に泊まり、ひとつの村に続けて一、二週間いることが多かった。

羅《ルオ》と僕はある日、別の村に身を寄せていた同郷の友人、メガネに会いに行った。雨のなか、急で滑りやすく、乳白色の靄に包まれた山道を僕たちは小股で進んでいった。気をつけていても二度三度と転び、泥のなかに手をついてしまう。ある角を曲がったところで、突然、縦一列に並んだ行列が僕たちのほうに近づいてくるのが見えた。行列は柄のついた駕籠《かご》を伴っていて、上には五十歳くらいの男がでんと構えていた。その殿様席のすぐ後を、ひもでミシンを背中にしばりつけた人足が歩いている。仕立屋は駕籠の担ぎ手のほうにかがみ、僕たちについて説明を受けているようだった。

僕の見たところ、仕立屋は小柄で痩せていて皺《しわ》こそ刻まれていたが、かくしゃくとしていた。彼の椅子は簡素な輿《こし》のようなもので、二本の太い竹の上にくくりつけてあり、前と後ろにいる二人の担ぎ手が肩で均衡を保っていた。担ぎ手たちが地を踏みしめるようにゆっくりと歩くたび、椅子と柄が軋《きし》む音をたてた。

仕立屋は、椅子と僕たちがすれ違う瞬間、急に僕のほうに身を乗り出すと、息がかかるほど顔を近づけた。

「ヴァイ〜オ〜リン！」彼は英語で、力いっぱい叫んだ。

声の稲妻に不意打ちを喰らって僕は飛びあがり、それを見て仕立屋は大笑いした。わがままな王様かと思えた。

「この山じゃ、わしらの仕立屋さんが、いちばん遠くまで旅をしたことのあるお方なんだ。知ってたか？」担ぎ手の片割れが僕たちに尋ねた。

「若い頃には雅安《ヤーアン》にだって行ったことがあるよ、栄経から二百キロ先のな」こちらに答える間も与えず、その大旅行家は高らかに言った。「私の師匠が、君のと同じような楽器を壁にかけていてね、客を驚かせていたものだ」

そして仕立屋は口をつぐみ、行列は去っていった。

曲がり角まで行くと、ちょうど僕たちから見えなくなる寸前に彼は振り向き、今一度、叫んだ。

「ヴァイ〜オ〜リン！」

すると担ぎ手と行列の農民十人がゆっくりと頭をもたげ、長々と叫び声をあげた。ひどく訛《なま》っていて、英語の単語というよりは苦しげなうめき声に近かった。

「ヴァイ〜オ〜リン！」

まるで、いたずらっ子の集団のように彼らはばか笑いした。そして腰をかがめると列は動きだし、道を続けた。行列はあっという間に霧に飲みこまれた。

それから二、三週間後、僕たちは仕立屋の家の庭先にいた。大きな黒い犬に睨《にら》まれたが、吠えられはしなかった。僕たちは店に入った。おやじさんは外回りの仕事に出かけていたので、その娘、小裁縫と知り合いになり、羅《ルオ》のズボンを五センチ長くしてもらえないかと頼んだ。栄養不足に不眠症、将来の不安に苛《さいな》まれていても、彼の身長はまだ伸びつづけていたのだ。

羅《ルオ》は小裁縫に自己紹介すると、父親との出会い、あの雨の日の、霧のなかでの出来事を語った。老人のおかしな発音を、とんでもなく大げさにまねながら。小裁縫はケラケラと楽しそうに笑った。羅《ルオ》のものまねの才能は天性のものだ。

彼女が笑うとその瞳に、野で育った村の娘のような、粗野な本性が現われるのに僕は気づいた。まなざしの輝きは原石のままの宝石、もしくは磨いていない金銀のようで、長いまつげときれいにつりあがった目尻のせいで、よけい強くそう感じられた。

「父さんに腹をたてないでね。ほんと、子供なのよ」と彼女。

急に顔を曇らせてうつむく。指の先でミシンの板をひっかく。

「母がとても早くに亡くなったの。そしたら、自分のしたい放題になっちゃったのよ」

日に焼けた顔は目鼻だちがくっきりしていて高貴なほどだった。表情は色っぽく、威厳をおびた美しさがあり、僕たちはその場に長居したいという気持ちを抑えることができなかった。彼女が上海製ミシンのペダルを踏むのをずっと見ていたかったのだ。

部屋は店と工房を兼ねていて、また食事部屋でもあった。木の床は汚く、あちこちに客が残していった黄や黒の痰《たん》の跡があり、毎日掃除をしていないことがうかがえた。仕上がった服はハンガーにかけられ、部屋のまんなかに通してある長いひもに吊るされている。隅のほうでは、反物《たんもの》や折り畳んだ服が山積みになり、蟻の軍団の餌食《えじき》になっていた。乱雑、飾り気のなさ、まったくのぞんざいさが家を制していた。

僕は、机の上に本が一冊ぽんと置かれているのに気づき、その発見に驚いた。山の住人は字が読めなかったからだ。もう久しく、本になど触れていなかった。すぐに飛びついたが、期待はむしろ裏切られた。それはどこかの染色工場が出している、布地の色についての目録だったのだ。

「本を読むの？」僕は尋ねた。

「あまりたくさんは」引け目を感じるでもなく彼女は答えた。「でも私のこと、ばかだと思っちゃいやよ。読み書きができる人とおしゃべりするのは大好きなの、街から来た若い人たちとね。だって気づいた？　あなたたちが入ってきたとき、私の犬、吠えなかったでしょ。私の好みを知ってるからよ」

小裁縫は、僕たちをすぐには帰したくないようだった。腰かけから立ちあがると、部屋のまんなかにあった鉄の竈《かまど》に火を入れ、炎の上に鍋をのせると水を注いだ。その一挙手一投足を目で追っていた羅《ルオ》は、彼女に尋ねた。

「何をごちそうしてくれるんだい？　お茶、それとも、お湯？」

「どっちかというと後のほうかな」

それは彼女が、僕たちに好意を持っていることの証《あかし》だった。この山では、もし湯を飲むことを勧められたら、それは汁物を作ってもらえることを意味していた。熱湯に卵を割り入れ、砂糖を混ぜてもらえるのだ。

「ねえ、小裁縫、君と俺にはひとつ共通点があるんだけど、何だか分かるかい？」羅《ルオ》が彼女に言った。

「私たち二人に？」

「そう。賭《かけ》をしないか？」

「何を賭けるの？」

「君の好きでいいよ。必ず共通点を証明してみせる」

小裁縫は少し考えた。

「私が負けたら、ズボンの裾伸ばしを無料《ただ》でやってあげるわ」

「いいだろう。じゃあ、左足の靴と靴下を脱いでごらん」と羅《ルオ》。

一瞬ためらった彼女は、興味津々《しんしん》といった感じで言われたとおりにした。本人より照れていそうな足は、しかし、とても色っぽかった。順に、そのきれいな形、見事なくるぶし、そして光沢のある爪が露《あら》わになる。小さな足は日に焼けていて、半透明の肌に青い静脈が浮かんでいた。

その横に羅《ルオ》が、浅黒くて汚い、骨ばった足を並べると、確かに似ているところがあるのが僕にも分かった。二人の足は、人差し指がほかの指より長かったのである。

帰りの道のりがとても長いので、僕たちは昼の三時には小裁縫の家を出、暗くなる前に村に戻ることにした。

山道で僕は羅《ルオ》に尋ねた。

「小裁縫のこと、気に入ったのか？」

彼は頭をさげたまま、すぐには答えず、歩きつづけた。

「好きになったのかい？」僕はもう一度尋ねた。

「あの子には教養ってものがない。少なくとも俺にはあれじゃ足りない！」

✤

細長い通路の奥、どこまでも深い闇のなかで、光がたどたどしく移動していた。きらめく小さな点は、ときおりぐらついて倒れ、体勢を立て直すとまた歩みはじめる。たまに通路が急な下りになると、光はしばらく見えなくなる。すると聞こえてくるのは、重い籠《かご》を砂利の上で引きずるギシギシという音と、力をこめるたびに漏れる男のうなり声。まっ暗闇のなかに響きわたり、こだまは、はるか遠くまで届く。

そして突然、光はふたたび現われる。悪い夢なのか、体を闇に潜ませ、ふらつく足どりで歩く獣の目を見ているようだ。

石油ランプを細いひもで額にくくりつけ、小さな炭坑で作業をしているのは羅《ルオ》だ。坑道が低くなると、手をついて這って進む。革ひもは全裸の体を締めつけて深く肉に食いこむ。羅《ルオ》はそのわずらわしい手綱《たづな》をつけ、船の形をした大きな籠を引きずっていた。積まれているのは無煙炭の大きな塊《かたまり》だ。

それより高いところにいる僕は、羅《ルオ》があがってくると荷を引き継ぐ。僕も裸で、体中の皺という皺に炭が入りこんでいた。羅《ルオ》は手綱を使って積み荷を引っぱっていたが、僕は荷を押していった。通路の出口までは、急斜面の長い坂を這いあがっていかねばならず、天井ははるか上だった。羅《ルオ》はよく、この登りを手伝ってくれた。トンネルから出、籠の中身を石炭の山にぶちまけるところまでつきあうこともあった。黒々とした塵《ちり》がもうもうとあがるなか、力尽き果てた僕たちは地面にぶっ倒れたものだった。

先にも述べておいたが、かつて鳳凰山は銅山としてその名を知られていた（この山は、中国で初めて公認された同性愛者である某皇帝の気前のいい贈り物だったため、中国史に名を残す名誉さえ頂戴していた）。だが、銅山はとっくの昔にその役目を終え、廃墟と化していた。残ったのは手作業だけが頼りの小さな炭坑で、村の共同財産として採掘が続けられ、山の住人に燃料を供給していた。こうして石炭の採掘は、都会青年にとって二カ月に及ぶ再教育の課程となり、羅《ルオ》と僕もそれを避けて通ることはできなかった。口頭映画の成功があっても、来《きた》るべき日は早晩にやってきた。

この地獄の試練に応じたのも、その真意は競争に残りたいという一心からだった。僕たちが街へ戻れる可能性はないも同然で、確率は千分の三に過ぎなくともだ。しかし鉱山は思いもよらず、僕たちの体と、とりわけ心に、消すことのできない黒い痕跡を残すことになった。今でも〝小炭坑〟という恐ろしい言葉を聞くと、怖くて震えが走るほどだ。

入口には二十メートルほどの区画があり、低い天井は梁《はり》と柱で支えられていた。太い木から切りだした粗い角材を簡単に組んだだけのものだが、あるだけましで、残りの箇所、つまり七百メートルは優にある坑道には、防御策がいっさい講じられていなかった。いつ岩盤が頭上から落ちてきてもおかしくなかったのだ。炭床を掘る係だった三人の老いた農民兼坑夫は、僕たちが来る前に起きた死亡事故を、次から次へと話して聞かせた。

通路の底から籠をひとつ運び出すたび、僕たちはロシアン・ルーレットをしているようなものだった。

ある日、いつもの長い上り坂でのことだった。横で一緒に石炭の籠を押していた羅《ルオ》がこう言った。

「どうしてかな。俺はこの炭坑で死ぬんじゃないかって気がする。ここに来てから、そのことが頭を離れない」

僕はその言葉に声を失った。歩きつづけたが、ふと気づくと、冷や汗でびっしょりになっていた。以来、ここで死ぬという羅《ルオ》の恐怖が僕にも移ってしまった。

僕たちが寝泊まりをしていたのは、農民兼坑夫と一緒の大部屋だった。貧相な木造のあばら屋で、山腹を背にし、せり出た岩の切っ先の下に挟まれるようにして建っていた。毎朝、目が覚めて、岩から落ちてきた水滴が、ただの木の皮でできた屋根にあたる音が聞こえてくると、まだ生きていたとほっとしたものだった。しかし、あばら屋を出るたび、その日の晩に帰ることのできる保証はなかった。ほんのささいなこと、たとえば農民たちの趣味の悪い文句、縁起でもない冗談、あるいは空模様の変化などが、僕にとっては神託のように重大なものとなり、自分の死を告げる兆候と映った。

作業中に幻覚を見ることもあった。歩いていると、にわかに地面が柔らかくなったような気がして、息が苦しくなる。これが死なのかと実感すると、死ぬ間際の人がよくそうだと言うように、幼い頃の思い出が頭のなかを狂ったような速さで駆けめぐる。足元の地面は一歩進むたびにゴムのように伸び、頭上では天井が崩れたのか、耳をつんざく轟音が響きわたる。手をつき、狂ったように這って進むと、目の前では、奥の闇から母親の顔が浮かびあがり、やがて父親のそれに変わる。これが数秒間続き、つかの間の幻覚は消える。素っ裸の僕は坑道にいて、出口に向かって積み荷を押しているのだった。地面をじっと見ると、石油ランプの揺れる光のもと、弱々しい蟻が、生き延びようとする意志に駆られ、ゆっくりと坂を登っていた。

三週目に入ったある日、通路で誰かの泣き声を聞いた。ただし光は見えなかった。それは悲しみの嗚咽《おえつ》でも、けが人が痛みで発するうめきでもない。激しい号泣で、漆黒の闇のなか、ただひたすら涙にくれているのだった。泣き声は壁に跳ね返って長いこだまとなり、通路の底からあがってくる。音は溶けあい、重なりあって、やがて深い闇と一体になる。泣いていたのは羅《ルオ》だったと思う、たぶん間違いなく。

六週間後、羅《ルオ》は病気になった。マラリアだった。昼頃、炭坑の入口前の木陰で食事をしていると、彼は寒いと言いだした。数分後、確かに手が激しく震えだし、箸《はし》も茶碗も持っていられなくなった。大部屋の寝台で横になろうと立ちあがったが、足元がおぼつかない。目には何かぼやけたものがある。あばら屋の戸は大きく開いているのに、羅《ルオ》は目に見えぬ誰かに向かって、入れてくれと叫んだ。木陰で食事をしていた農民兼坑夫はそれを見て吹きだした。

「おめえ、誰に話しかけてんだぁ？　誰もいねえぞ」と彼ら。

晩になっても、羅《ルオ》はまだ寒いと訴えていた。あばら屋は巨大な石炭ストーブで暖まっていたし、毛布を何枚もかぶっていたにもかかわらず。

農民たちは、ぼそぼそと長い話し合いをはじめた。羅《ルオ》を川岸に連れていき、それと知らせず、凍った水につき落とすという案がでた。衝撃のおかげで一発で治ってしまうらしい。だが、それは却下された。真夜中だったので羅《ルオ》がおぼれてしまう危険があったのだ。

農民が一人出ていき、二本の木の枝を手にして戻ってきた。「これは桃の木、こっちは柳の木の枝だ」彼は僕に説明した。それ以外の木ではうまくいかないのだという。それから羅《ルオ》を起こし、上着やほかの服を脱がすと、むき出しの背中を二本の枝で打った。

「もっと強くだ！ 加減しすぎると、病《やまい》を追っ払うことはできねえぞ」横にいた農民たちが怒鳴った。

二本の枝は代わる代わる、交互に空を切った。今や鞭《むち》打ちは容赦なくなり、背中の肉には赤黒い筋が刻まれていった。羅《ルオ》は目を覚ましていたが、鞭を受けてもこれといった反応はなく、夢のなかで、他人の鞭打ち現場に立ち会っているかのようだった。彼の頭がどうなってしまったのか分からなかったが、僕は怖くなった。そして数週間前に坑道で聞いた意味深な言葉「俺はこの炭坑で死ぬんじゃないかって気がする。そのことが頭を離れない」が、空を切り裂く鞭の音のなかでよみがえり、響きわたった。

鞭打ちをしていた者が疲れ、交代を願い出た。しかし名乗りをあげる者はいなかった。農民たちは眠気がぶり返してきたため、寝台に戻っていて、眠ろうとしていた。そうしたわけで桃の木の枝と柳の木の枝は、僕の手にあった。羅《ルオ》は頭をあげた。顔は真っ青で、額には小さな汗の粒が光っている。そのぼんやりした視線と目が合う。「やれ」やっと聞こえる声で彼は言った。

「少し休んだほうがいいんじゃないか？　自分の手を見てみろ、えらく震えてるぜ。分からないのか？」僕は尋ねた。

「いや」羅《ルオ》はよく見ようと片手を目の前にあげて言った。「本当だ、ガタガタ震えてやがる、それに寒い。じきにおっ死ぬじじいみたいだ」

僕はポケットの奥から、まだ少し残っているタバコを見つけ、火をつけて差しだした。だが、タバコはすぐに羅《ルオ》の指から逃れ、地面に落ちてしまった。

「ちくしょう！　すごく重い」と羅《ルオ》。

「本当に打ってほしいのか？」

「ああ、少し温かくなるんだ」

打つ前に、まずタバコを拾って、ゆっくり吸わせてやろうと思った。僕はかがんで、火がついたままの吸いさしを取った。そのとき、何か白っぽいものが突然、目に飛びこんできた。寝台の下に無造作に落ちていたそれは、封筒だった。

僕はそれを拾った。表には羅《ルオ》の名前が書かれ、まだ開封されていなかった。農民たちに、封筒がどこから来たのかを尋ねると、寝台にいた一人が答えて言うには、数時間ほど前、石炭を買いに来た男が置いていったのだという。

僕は封を切った。手紙は一枚足らずの鉛筆書きで、字は、間隔が詰まっているところもあれば、開いているところもあった。文字はどれも拙い筆遣いで書かれていたが、その不器用さには女性らしい優しさと、子供のような素直さがにじみ出ていた。僕はゆっくりと羅《ルオ》に読んで聞かせた。

映画の語り部、羅《ルオ》へ

私の字を笑わないでね。あなたと違って中学校で勉強したことなんてないのよ。知っていると思うけど、山に近い中学はひとつしかなくて、栄経にあるのがそうなの。そこなんて行くだけで二日もかかってしまうわ。読み書きを教えてくれたのはお父さん。あなたにしてみたら、私なんて〝小学校卒業〟くらいの部類でしょうね。

この前聞いたのだけど、あなた、お友だちと一緒に、映画をとっても上手に語っているそうね。そのことを私の村の村長に話したら、農家の人を二人、小炭坑に送ることに賛成してくれたの。二日間、あなたたちの代わりをしてくれるわ。それで、あなたたちは私の村に来て映画を話すのよ。

炭坑にあがっていって、この知らせを伝えたかったのだけど、そっちでは男の人は全裸だっていうし、女の子は立ち入り禁止なの。
炭坑のことを考えると、あなたの勇気には感心するわ。落盤がないことをひたすら祈っています。二日間休みをとってあげたから、二日分危険が減ったわね。ではまた。ヴァイオリン弾きのお友だちにもよろしくね。

小裁縫より

一九七二年七月八日

追伸　手紙を書きおえてしまったけど、話しておかなくちゃならない、おかしなことがあるの。あなたが家に来てから私、足の人差し指が親指より長い人に何人も会ったのよ、私たちみたいにね。がっかりしちゃった。でも、まあいいわ。

❖

僕たちが選んだのは《花売りの娘》の物語だった。
栄経の町のバスケットコートでは三本の映画を観たが、そのなかでいちばん人気を集めていたのは、〝花の乙女〟という名の主人公が出てくる北朝鮮のメロドラマだった。僕たちはもう、この物語を村の農民たちに語っていた。上演の最後に、僕がナレーションの感傷的で悲痛な声をまね、軽く喉《のど》を震わせながら「諺《ことわざ》は言う、誠実な心は石をも花咲かせると。では〝花の乙女〟の心は誠実ではなかったのだろうか?」と締めの言葉を発すると、効果は実際の上映のときに負けないくらい大きかった。聞き手は一人残らず泣いていた。強面の村長でさえ、わきあがる熱い涙をこらえることができず、あの、血の粒が三つある左目から涙を流すのだった。

羅《ルオ》の熱は周期的にぶり返していたが、本人は回復に向かっていると考えていて、恋の征服者の紛《まご》うことなき情熱で、僕を連れて小裁縫の村へと出かけた。だが、道の途中、マラリアの症状が再発してしまった。

太陽のぎらぎらした光を全身に浴びているにもかかわらず、羅《ルオ》は、寒気がまたしてきたと言った。木の枝と枯れ葉で焚き火を熾《おこ》してそばに座らせたが、寒気はおさまるどころか、耐えがたくなっているようだった。

「行こう」羅《ルオ》は立ちあがると言った（歯をガチガチいわせながら）。

山道では、滝のざわめきや、猿など野生動物の叫び声が絶えず聞こえてきた。羅《ルオ》は苦しそうで、徐々に、寒気と熱とを代わる代わる感じるようになっていた。絶壁のほうにふらふらと歩いていってしまったときには、彼を止め、岩に座らせて熱がひくのを待たなければならなかった。崖っぷちの土は羅《ルオ》が通ると崩れ、どこまでも下に落ちていった。底に達した音が聞こえてきたのはしばらく経ってからだった。

小裁縫の家に着くと、ありがたいことに、父親はまた外回りに出かけていることが分かった。前と同様、黒い犬がやって来て僕たちのにおいをかいだが、吠えはしなかった。

家に入ったとき、羅《ルオ》は深紅の果物よりも、もっとどぎつい顔色をしていて、うわごとを言っていた。マラリアの症状がひどいので小裁縫は驚き、すぐに口頭映画の上演を中止にさせると、羅《ルオ》を自分の寝室の白い蚊帳で覆われている寝台に横たえた。そして編んだ長い髪を頭のてっぺんで巻き、とても高いまげを結うと、ピンクの靴を脱いで裸足で外に飛び出していった。

「一緒に来て。その病気にすごくよく効くものを知っているの」彼女は大声で僕に言った。

その植物はありふれたもので、村にほど近い小川の縁に生えていた。低木のようだが、高さはせいぜい三十センチほど。花びらは桃のそれを思わせる鮮やかなピンク色だが、もっと大きく、浅い小川の澄んだ水面に映っていた。薬になるのは葉の部分で、小裁縫はたくさん摘み取った。鋭く角張った葉は、アヒルの足のような形をしていた。

「これ何ていう植物？」僕は尋ねた。

「砕碗片」

彼女はそれを白石の乳鉢に入れてすりつぶした。葉が緑の練り粉のようになると、羅《ルオ》の左手首に塗りつける。すると彼は、うわごとを言ってはいるものの、それなりに筋の通った考えを取り戻した。羅《ルオ》は小裁縫に手首をゆだね、彼女はそれに、白いリネンでできた長い布を巻きつけた。

夕方近く、呼吸が楽になった羅《ルオ》は眠りについた。

「ああいうの、あなたは信じるかしらね……」小裁縫がためらいがちな声で僕に尋ねた。

「ああいうのって、どういうの？」

「ちょっと普通には説明がつかないこと」

「信じるのもあるし、信じないのもある」

「私が密告するのを怖がっているみたい」

「まさか」

「じゃあ？」

「僕は、そういうことを全面的に信じることはできないけど、完全に否定することもできないと思っているんだ」

小裁縫は僕の答えに満足げだった。そして羅《ルオ》が寝ている寝台に目をやると、こう尋ねた。

「羅《ルオ》のお父さんってどんな人？　仏教徒？」

「それは知らない。けど、偉い歯医者なんだ」

「何それ、歯医者って？」

「歯医者を知らないの？　歯を治す人だよ」

「ほんと？　歯に隠れて痛くしている虫を、取り出せる人がいるってこと？」

「そうさ」僕は笑わずに答えた。「それに秘密の話もある。誰にも言わないって約束するなら、教えてあげるけど」

「約束するわ……」

「羅《ルオ》のお父さんはね」僕は声を落として言った。「毛《マオ》主席の歯から、虫を取り出したことがあるんだよ」

敬意に満ちた一瞬の沈黙。そして小裁縫は尋ねた。

「そのお父さんなら、今晩、魔女を呼んで羅《ルオ》の看病をさせても怒らないわよね？」

黒と青の長襦袢《ながじゆばん》を着、髪には挿花《さしばな》、手首に硬玉の腕輪をした四人の老婆が、三つの別々の村からやって来ると、真夜中近く、依然眠りもたえだえの羅《ルオ》の周りに集まった。寝台の四方に一人ずつ腰をおろすと、蚊帳《かや》越しにじっと羅《ルオ》を眺める。老婆たちは揃いも揃って皺くちゃで醜く、四人のうちの誰が相手でも、悪霊はたじたじだろう。

いちばんしなびていると思《おぼ》しき老婆は、手に弓と矢を持っていた。

「安心しろ。おめえの友だち苦しめた小鉱山の悪霊どもは、今夜、間違ってもここに来ようとは思わんさ。わしの弓はチベットのもんで、この矢の先っぽは銀でできとる。こいつさ放てば、空飛ぶ笛みてえにぶんぶん音がして、どんな強え鬼の胸だって射抜いちまうのさ」老婆は言った。

しかし、そうはうまくいかなかった。魔女たちは年寄りで、夜は更けていた。ぽつぽつとあくびが出はじめたのだ。家主が出した濃いお茶を飲んでも睡魔に勝つことはできず、弓の持ち手までもが眠りこけてしまった。得物を寝台の上に置くと、化粧をした、たるんだまぶたが重そうに閉じていった。

「起こして。映画を話して聞かせるのよ」小裁縫が言った。

「どんなやつ？」

「なんでもいいわ。目を覚ましておくことができれば……」

僕は話をはじめたが、それはそれは奇妙な上演だった。険しい山に挟まれた村、意識を失っているかのような友を前に、揺れる石油ランプの光に照らされた四人の老婆とひとりの美しい娘のため、北朝鮮の映画を話して聞かせたのだ。

僕はなんとかやってのけた。数分もすると、聞き手たちはかわいそうな〝花の乙女〟の話に耳を傾けはじめた。質問もいくつか出た。話が進むにつれて、老婆たちのまばたきは、まばらになっていった。

にもかかわらず、羅《ルオ》と一緒のときのような魔法は起こらなかった。僕は生まれながらの語り部ではなかったのだ。僕は羅《ルオ》じゃない。半時間後、〝花の乙女〟はやっとの思いでわずかな金を手にし、病院に駆けこんでいた。だが、母親は娘の名を絶叫した後、息を引きとってしまう。正真正銘のプロパガンダ映画だ。普通なら、そこがこの物語の最初の山場だった。映画の上映のときも、村で語って聞かせたときも、ちょうどこの場面になると誰もが必ず涙を流した。おそらく魔女たちは生来の気質が違っていたのだろう。話をきちんと聞き、それなりに感動したようだったし、背筋をびくっと震わせたようだった。しかしながら、お約束の涙はなかったのである。

語りの出来映えにがっかりした僕は、細かい描写を加えることにした。娘の震える手、指から滑りおちるお金……。それでも聞き手たちはしぶとかった。

そのとき突然、白い蚊帳のなかから、井戸の底から聞こえてくるような声があがった。

「諺は言う」羅《ルオ》は喉を震わせた。「誠実な心は石をも花咲かせると。では〝花の乙女〟の心は誠実ではなかったのだろうか?」

僕は、羅《ルオ》が突如として目を覚ましたことよりも、映画の最後のせりふをこんなに早く言ってしまったことに虚をつかれた。しかし周りを見て驚いた。四人の魔女が泣いているのだ! 涙は堰《せき》を切ったようにごうごうと流れ、やつれて皺だらけの顔は滝のようになっていた。

羅《ルオ》の語りの才能はとてつもない! マラリアの激しい熱で寝こんでいるというのに、ナレーションの入る位置を変えただけで、聞き手を手玉にとってしまったのだ。

話が進むにつれて僕は、小裁縫の様子がどことなく変わったように思えてならなかった。そして気づいた。長く編んでいた髪がほどかれて豊かな流れとなり、見事なたてがみのように肩に落ちていたのだ。蚊帳の外に熱っぽい手を出して、羅《ルオ》が何をしていたのかが分かった。そのとき、急なすきま風に石油ランプの炎が揺れた。明かりが消えた瞬間、小裁縫は蚊帳をもちあげ、闇のなかで身をかがめると、羅《ルオ》にさっと口づけをしたようだった。

魔女の一人がランプをつけ直し、僕は朝鮮の少女の物語をさらに長いこと続けた。

女たちのあふれる涙は、鼻水とそれをかむ音に混じり、やむことはなかった。

第二章

メガネには秘密の旅行鞄《かばん》があって、彼はそれを念入りに隠していた。

メガネは僕たちの友だちだった(小裁縫の父親との出会いをお話ししたとき、すでに名前を出しておいたはずだ。あれはメガネの家に行く道すがらでの出来事だった)。彼は、鳳凰山の山腹の、もっとふもとに近い村で再教育を受けていた。酒や肉が手に入ったり、農家の庭から上物の野菜をせしめたときなど、よく夕方、羅《ルオ》と一緒に彼の家に出かけていっては料理をしたものだ。僕たちはトリオを組んでいるかのように、メガネとはなんでも山分けにしていた。それだけに彼が、内緒にしている謎の鞄を持っていたのは意外だった。

彼の一家は、僕たちの両親が働いていた街で暮らしていた。父親は作家で母親は詩人だったが、二人とも少し前に当局の不興を買い、最愛の息子を千分の三の確率に委《ゆだ》ねることになってしまった。つまり羅《ルオ》や僕と一寸《ちっと》も変わらない。だが、親御さんたちに責任のあるその絶望的な状況に際して、十八歳のメガネは四六時中、恐怖にとらわれていた。

メガネといると何もかもが危険の様相をおびた。彼の家で石油ランプを囲んでいると、陰謀でも企んでいる三人の犯罪者になった気がした。たとえば食事どきだ。お手製の、貴重な肉料理のにおいと煙に包まれ、腹を空かせた三人が法悦《ほうえつ》に浸っているとき、そこで誰かが戸を叩いたりしようものなら、メガネはいつも、とんでもなくおびえてしまうのだった。立ちあがり、肉の皿を盗品であるかのように部屋の隅にさっと隠すと、貧相な皿と取り替えてしまう。それは、にこ毛に覆われた臭い野菜の漬物で、肉を食べるなど、彼の家がそうである資産階級特有の犯罪だと言わんばかりだった。

四人の魔女を相手に行なった口頭映画会の翌日、羅《ルオ》はそこそこ調子を取り戻し、村に帰りたがった。小裁縫は僕たちをさほど引き留めようとはせず、疲れ果てているのがうかがえた。

朝食の後、羅《ルオ》と僕は人気《ひとけ》のない道に出た。朝の湿った空気が、火照《ほて》った顔にすがすがしく心地いい。羅《ルオ》は歩きながらタバコをふかしていた。山道はゆるやかにくだり、やがて上りになると、坂がきつかったので病気の羅《ルオ》に手を貸した。地面は濡れて柔らかく、頭上では木の枝がもつれ合っている。メガネの村の前にさしかかると、水田で作業をしている彼の姿が見えた。水牛と鋤《すき》を使って、土を耕しているところだった。

水田は、凪《な》いだ水に覆われて畝《うね》が見えなくなっていた。ねっとりとした泥は五十センチの深さがあり、ひどくぬかるんでいる。それを耕すメガネは上半身裸の半ズボン姿で、鋤を重そうに引いている黒い水牛の後ろにつき、膝《ひざ》まで泥に浸かりながら移動していた。朝一番の日の光が眼鏡に照りつけている。

水牛は、大きさは並だったが尾の長さが尋常でなかった。それを一歩ごとに振り回し、わざとそうしているかのように、経験の浅いご主人様の顔に、泥やほかの汚物を投げつけていた。メガネはこの攻撃を懸命にかわそうとしていたが、一瞬の不意をつかれて顔面にもろに喰らうと、眼鏡を遠くに吹っ飛ばされてしまった。彼は悪態をつき、右手に持っていた手綱と左手の鋤を落とした。そして両手を目にやると、いきなり失明でもしたかのようにあっと叫び、汚い言葉を吐いた。

僕たちは彼に会えたことがうれしくて、たっぷりと親しみをこめて呼びかけたが、激怒しているメガネの耳には届かなかった。ひどい近眼なので、目をできるだけ見開いても二十メートル先にいる僕たちのことを見分けることができず、隣の水田で作業をしながら彼を罵倒している農民たちと区別がつかなかったのだ。

水面にかがみこんだメガネは、手を突っこんで周りの泥を手当たり次第に探った。目は腫れ物のように飛び出し、人間味をすっかり失っていて、ぞっとするほどだった。そこに水牛が鋤を引きずったまま戻ってきた。メガネはこの動物の残忍な衝動を煽《あお》ってしまっていたに違いない。牛はまるで意志を持っているかのようで、はたき落とした眼鏡を足で踏みつぶすか、はたまた鋤のとがった刃先で粉々にしようとしているかのようだった。

僕は靴を脱いでズボンをまくりあげると、病気の羅《ルオ》を山道の端に座らせたまま、水田に入っていった。メガネは、ただでさえ面倒なことになっている探し物に僕が首を突っこむことを嫌ったが、泥のなかを手探りして眼鏡にいき当たったのは僕のほうだった。運よくそれは壊れていなかった。

メガネは外の様子がはっきりすると、マラリアにかかっている羅《ルオ》のありさまを見て驚いた。

「お前、ボロボロじゃないか！」羅《ルオ》に言う。

持ち場を離れるわけにいかないメガネは、帰るまで家で休んでいてくれと言った。

彼の家は村の中央にあった。私物はほとんどなく、また戸に鍵をかけていなかったが、それは貧農下層中農を心から信頼していることを示すためだった。家はもともと穀物倉庫だったところで、僕たちの家と同じように高床式だったが、太い竹に支えられた露台があって、穀物や野菜、唐辛子を干すことができるようになっていた。羅《ルオ》と僕はその台に座って日に当たった。しかし太陽が山陰に隠れると寒くなりはじめた。汗が乾くと、羅《ルオ》の背中や細い手足は氷のように冷えていった。僕はメガネの古いセーターを見つけて背中にかけてやり、袖をマフラーのように首に巻きつけた。

太陽がふたたび現われても、羅《ルオ》はまだ寒いと訴えていた。僕はもう一度寝室に行き、寝台の毛布を取ったが、ふと、どこかにもう一枚セーターがないか探してみようと思った。見ると、寝台の下に木でできた大きな箱があった。安物の商品を梱包《こんぽう》する箱に似ていて、旅行鞄くらいの大きさの箱だったが、深さはもっとある。上には、泥汚れがひどいバスケットシューズが数足と、だめになった上履きが積み重ねてあった。

日の光のもとで箱を開けると、埃《ほこり》が舞いあがり、案の定、服がたくさん出てきた。ガリガリに痩せた羅《ルオ》の体にもぴったりな、なるべく小さなセーターを探してかき回しているうち、突然、指が、なめらかで柔らかく、肌触りのよいものに触れた。スエードでできた婦人靴かと思った。

だが、そうではなかった。それは旅行鞄だった。陽光に照らされてきらめき、すり切れてはいたが高級な革でできた、上品な旅行鞄だった。遠い文明の香を漂わせている旅行鞄だった。

鞄は三ヵ所で鍵がかけられていた。大きさの割には意外と重さがあったが、中身については知るよしもなかった。

僕は日が暮れるのを待ち、メガネが水牛との格闘からやっと解放されると、あれほど厳重に隠してある鞄の宝物は何なのかを尋ねた。

驚いたことにメガネは答えなかった。料理をしているあいだも、らしくない黙り《だんま》をきめこみ、特に鞄については一語たりとも口にしようとしない。

食事のあいだ、僕はもう一度話をふってみた。それでも彼は口を閉ざしたままだった。

「それは本じゃないのか」沈黙を破って羅《ルオ》が言った。「お前が旅行鞄を隠すやり方とか、錠前で閉めてるのとかを考えれば、秘密はばれてるようなもんだぜ。そいつには禁書が入ってるんだろ」

メガネの目に焦りの色がさっと浮かび、やがて眼鏡のレンズの下に消えていった。同時に、顔には笑顔をはりつける。

「お前、気でも違ったのか」とメガネ。

手を羅《ルオ》のほうに伸ばし、こめかみに置く。

「なんてこった、すごい熱じゃないか！　この熱のせいだな、うわごとを言ったり、そんなおかしな幻覚を見たりするのは。いいか、僕たちは仲間だし一緒にいると本当に楽しい。けどな、お前が禁書なんてばかげたことをほざくんだったら、それなら、くそっ……」

以来メガネは、近所の者から銅製の南京錠を買いとると、つねに用心深く戸に鎖をかけ、錠前の金属のつるを通すようになった。

それから二週間後、小裁縫の砕碗片は、羅《ルオ》のマラリアを退散させた。手首に巻かれていた包帯を取ると、透明に光る、鳥の卵くらいの大きなまめができていた。まめは徐々に潰れていき、皮膚に黒い傷痕が残るだけになると、マラリアの症状もすっかりやんでしまった。僕たちは全快祝いとしてメガネの家で食事をした。その晩はメガネの寝台に三人で縮こまって眠った。寝台の下には依然として木の箱があったが、確かめても、革の旅行鞄はもうなかった。

メガネが警戒を強めたこと、そして友情にもかかわらず僕たちを信用していないことからして、あの旅行鞄に禁書が詰まっているという羅《ルオ》の説には信憑性があった。羅《ルオ》と僕はそのことをよく話し合ったが、どんな本が入っているかについては皆目《かいもく》見当がつかなかった（当時、本という本は禁止だった。例外は毛《マオ》とその一派のもの、そして純粋に科学的な著作だけだ）。僕たちは、考えられる本を次々に挙げてみた。『三国志演義』や『紅楼夢』といった中国の古典小説、艶本として有名な『金瓶梅』。唐、宋、明、清朝の詩歌。朱耷（清代の画家。号は八大山人）、石濤（清代の画家）、董其昌（明代の書画家）などの古画……あるいは西欧の聖書や『五翁経』さえ考えた。それは漢王朝の五人の偉大な予言者が、来るべき二千年に起こることを聖なる山の頂で明らかにしている本で、一説では数百年来の禁書とされていた。

深夜、僕たちはよく石油ランプを消してそれぞれ寝台に横になり、闇のなかでタバコをふかした。口からあふれ出る本の題には未知の世界があり、言葉の響きや文字の並びには神秘的で妙なる何かがあった。それは「藏香《ザン・シアン》（藏はチベットのこと）」とその名を口にするだけで、甘く上品なにおいが漂ってくるチベットの香のようだった。ランプの光に照らされた線香が汗ばみ、溶けた金の滴《しずく》のような、本物の汗で覆われるのを見ることができるのだ。

「西洋の文学について何か聞いたことはあるか？」あるとき羅《ルオ》が僕に尋ねた。

「そんなには。知ってるだろ、僕の親は仕事しか頭にないからさ。医学以外のことはたいして知らないんだ」

「うちの親だってそうさ。けど、叔母さんが文革の前、外国の本の中国語訳を何冊か持ってたんだ。『ドン・キホーテ』っていう本の抜粋を少し読んでくれたことがあった。老いぼれた、へんてこな騎士の話だった」

「本は今どこに？」

「煙と消えたよ、紅衛兵に没収されちまってさ。やつら、皆の前で容赦なく焼いちまったんだ、それも叔母さんが住んでいた建物の前でね」

僕たちは黙ってしょげかえったまま、しばらく闇のなかでタバコをふかした。文学についての話には死ぬほど気がめいった。僕たちはツキに見放されていたのだ。やっと本をすらすら読めるようになった年頃に、読むものが何ひとつ残されてなかったとは。数年間、どこの本屋でも西洋文学の棚にあるのは、アルバニアの共産党指導者エンベル・ホジャの全集だけだった。金縁のついた本の表紙には、どぎつい色のネクタイを締め、灰色の髪にきっちりと櫛《くし》を入れた老人の肖像がついていて、皺だらけのまぶたの下からこちらを見すえていた。左目は栗色、それより小さい右目も同じ栗色だがもっと薄く、虹彩《こうさい》はかすかなピンク色をしていた。

「なんでそんなこと言うんだい？」僕は尋ねた。

「いや、メガネが持ってる革の旅行鞄に、その類《たぐい》の本が詰まっていてもおかしくないと思ったからさ、西洋文学の本がね」

「ありうるな。あいつの父親は作家で、母親は詩人だから、西洋の本をたくさん持ってたはずだ。お前の家にも僕の家にも、西洋の医学書がいっぱいあったしな。だけど、本の入った鞄が、よく紅衛兵に見つからなかったもんだなあ」

「頭を使って、どっかに隠してたんだろう」

「メガネに本を預けるなんて、やつの親も、とんだ賭《かけ》に出たもんだ」

「俺やお前の親も、俺たちが医者になることをいつも夢見てただろ。同じようにメガネの親も、あいつに作家になってもらいたいんじゃないかな。で、そのためには、やつがそういう本でこっそり勉強する必要があると考えてるわけさ」

春のはじめのある寒い朝、綿雪が立て続けに二時間も降り、地面にはあっという間に十センチほどの雪が積もった。村長は一日の休暇を許可した。羅《ルオ》と僕はすぐメガネに会いに出かけた。困ったことに、眼鏡のレンズが割れてしまったという話を聞いたからだ。

だが、そんなことでメガネが仕事をやめるはずはなかった。ひどい近視に苦しもうとも、それを貧農下層中農から身体的欠陥とみなされるわけにはいかなかったのだ。メガネは農民たちから怠け者扱いされることを恐れていた。メガネはいつも彼らを恐れていた。いつの日か、再教育がきちんと行なわれたかを判断するのは彼らであったし、つまるところ、メガネの将来を左右する力を持っているのは彼らだったからだ。そうした状況では、政治的であれ身体的であれ、どんなささいな欠陥も命とりになった。

僕たちの村と違い、メガネの村の農民たちは雪でも休みではなく、米を詰めた大きな籠を背負って、県の倉庫に運んでいた。倉庫があるのはチベットが源流の川の岸で、山から二十キロも離れている。それは村がおさめる年貢《ねんぐ》だった。この村の村長は米の総重量を住民の数で割り、一人に六十キロほどを分担させていた。

僕たちが着いたとき、メガネは籠に米を詰めおえたところで、出発の準備をしていた。雪の玉を投げつけたが、近眼のために僕たちを見つけることができず、頭をきょろきょろとめぐらせるばかり。眼鏡がないので目は飛び出し、煙に巻かれてきょとんとしている狆《ちん》のようだった。米の籠を背負う前から苦汁をなめ、我を失っているように見えた。

「気が狂ったか。眼鏡なしで山道に出るなんて、一歩も歩けやしないぜ」羅《ルオ》が言った。

「母さんに手紙を書いておいた。新しいのをできるだけ早く送ってくれる。けど、そいつを、腕をこまねいて待っているわけにはいかないんだ。ここにいるのは仕事をするためだからな。少なくともそれが、村長のご意向だ」

メガネは、僕たちとは時間を潰したくないと言いたげに、とても早口で話した。

「待て、いいことを思いついた。俺たちが県の倉庫までその籠を運んでやる。だからその代わり、旅行鞄に隠している本を何冊か貸してくれ。それで貸し借りなし、違うか？」と羅《ルオ》。

「ふざけるな」メガネは冷ややかに言った。「何をわけの分からないこと言っているんだ。本なんて隠してない」

怒った彼は、重い籠を背負うと出発した。

「一冊だけでいい」羅《ルオ》が叫んだ。「それで手を打とう！」

メガネは答えず、道に出ていった。

こうして挑んだ戦いは、彼の体力の限界を超えていた。メガネはあっという間に、自虐的とも言える試練に陥っていた。雪は深く、場所によっては膝まで潜ってしまう。山道は普段よりも滑りやすくなっていた。目を皿のようにして地面を見つめていたが、誤って、とがった石を踏んでしまうかもしれなかった。それでも、足がもつれた酔っぱらいのように、よろよろと、でたらめに進んでいく。道が下りになると、体重をかける場所を足でやみくもに探っていたが、片方の足だけでは籠の重さを支えきれずに挫《くじ》けてしまい、雪のなかに膝をついてしまった。籠をひっくり返さないよう、その体勢のまま均衡を保とうと踏んばり、雪を足で押しのけ、腕一本でどけながら道を切り開く。そのまま一メートルずつ進み、なんとか起きあがることができた。

山道をジグザグに進んでいくメガネを、僕たちは遠目に眺めていた。数分後、彼はまた転んだ。今度はその弾みで籠が岩にぶつかり、跳ね返って地面に落ちた。

僕たちは彼のもとに行って、地面に散らばった米を集めるのを手伝った。誰も何もしゃべらなかった。僕はメガネの顔を見る勇気がなかった。彼は地べたに座りこむと、長靴を脱いでなかに詰まった雪を空《から》にし、かじかんだ足を両手でこすって温めようとした。

メガネはひどく重いとでもいうように、頭をずっと振っていた。

「頭が痛いのか？」僕は尋ねた。

「いや。耳鳴りがするんだ、たいしたことないけど」

米を籠に戻しおえたときには、外套《がいとう》の袖に、固いざらざらした雪の結晶がいっぱいついていた。

「行くか？」僕は羅《ルオ》に尋ねた。

「ああ、籠を担ぐから手伝ってくれ。俺は寒い。ちょっと背中に重いものがあると温まるだろう」と羅《ルオ》。

羅《ルオ》と僕は五十メートルずつ交代で、六十キロの米を倉庫まで運んだ。死ぬほど疲れた。

戻るとメガネが、薄い、すり切れた本を差しだした。バルザックの本だった。

❖

巴《バ》‐爾《ル》‐扎《ザッ》‐克《ク》。中国語に訳されたこのフランス人作家の名は、四つの漢字でできていた。翻訳とは魔法のようだ！　この名前は最初の二音が重く、好戦的な響きを持っていて古くさいのだが、それがすっと消えてしまう。四つの文字はどれも気品にあふれ、字画に無駄はなく、全体は並はずれて美しかった。地下で何百年も寝かされていた芳醇《ほうじゅん》な酒の香のように、官能的で豊かな、異国の味わいを醸《かも》しだしていた（数年後に知ったことだが、この本を翻訳したのは、とある大作家だった。政治的な理由で自作の出版が禁じられたため、フランス人作家の作品を翻訳することで余生を送ったという)。

　貸す本を選んだとき、メガネは長く迷ったのだろうか。それとも、たまたま手にした本なのか。あるいは単に、旅行鞄の大事な宝物のなかでいちばん薄くて状態の悪い本だったからか。そんな、しみったれた根性で選んだのか。この本がなぜ選ばれたのかは不明だったが、それは僕たちの人生を、少なくとも鳳凰山での再教育の日々を大きく揺るがすことになった。

　小さな本は、題を『ユルシュール・ミルエ』といった。

　羅《ルオ》はさっそく、メガネから渡されたその日の晩に読んだ。明け方に読みおえると、石油ランプを消し、僕を起こして本を差しだした。僕は暗くなるまで寝台にいて、フランスを舞台にした愛と奇跡の物語に没頭した。ほかには何もせず、食事さえとらなかった。

　女を知らない十九の若者を想像してみてほしい。いまだ青春の混沌《こんとん》のなかにまどろんでいて、知っていることといったら、愛国心、共産主義、政治思想、プロパガンダについてのつまらない革命のお話だけ。そんな僕に、闖入者《ちんにゅうしゃ》ともいうべきその小さな本はいきなり、欲望の目覚め、感情の高まりや衝動、愛、つまり世の中がそれまで僕に対して黙してきたことを残らず語りかけてきたのだ。

フランスと呼ばれる国のことは何ひとつ知らなかったくせに(ナポレオンの名をたまに父親の口から聞いたことがあったが、それだけだ)、ユルシュールの物語は、まるで身近な人の話のように真実味があった。あたかも実話のごとく、言葉の力が増したのも、少女の身に降りかかったのが、相続や金銭に関する汚いことだったからだろう。日が暮れる頃には、僕はヌムールのユルシュールの家にいて、煙る暖炉の傍《かたわ》らで医師や司祭と団欒《だんらん》を囲んでいるような気分になっていた……。動物磁気(一種の催眠療法)や夢遊病の話さえ信じるに足り、味わい深く思えるほどだった。

最後の頁まで読みおえると、僕はやっと起きあがった。羅《ルオ》はまだ帰っていなかった。夜明けとともに山道に飛び出していき、小裁縫にバルザックの美しい物語を聞かせるため、彼女の家に向かったのだろう。僕は高床式の家の戸口にしばらくぼうっと立ち、トウモロコシパンを食べながら、正面にある山の暗い稜線《りょうせん》を眺めていた。距離があるので、小裁縫が住む村の光を見分けることはできなかった。羅《ルオ》が彼女に、どんなふうに語っているかを想像すると、急に僕は嫉妬の気持ちに襲われた。それは苦く、身を焼くような、それまで味わったことのない感情だった。

寒い日で、羊皮の短い上着のなかで僕は震えていた。村人たちは食事をしたり、眠ったり、闇のなかの秘めごとにいそしんでいた。だが、家の戸口では物音ひとつしなかった。いつもなら山を制するその静けさに乗じてヴァイオリンの練習をするところだが、もうその気にはなれなかった。僕は部屋に戻った。試しにヴァイオリンを弾いてみたが、キーキーと耳障りな音がするだけで、誰かが知らぬ間に、音階をめちゃくちゃにしていったかのようだった。そして急に、自分が何をしたいのかが分かった。

僕は『ユルシュール・ミルエ』の気にいったところをまる写しすることにした。本を写したいと思うなんて生まれて初めてのことだった。紙を求めて部屋中を探しまわったが、便箋《びんせん》が二、三枚あるだけで、それは親に出す手紙用だった。

そこで上着の羊皮に直接、文章を写すことにした。上着は山に来たときに村人からもらったもので、外側には長さの揃わない羊毛が乱雑につき、内側はむきだしの皮でできていた。皮はところどころ、傷んだり裂けたりして場所に限りがあったので、抜粋する箇所はじっくりと時間をかけて選んだ。僕が写したのは、夢遊状態のユルシュールが旅をする章だった。彼女のようになりたかったものだ。そうすれば寝台で眠ったまま五百キロの距離を超えて自宅に行き、母親の姿を眺め、両親の食卓に混じり、二人のしぐさや食事の献立《こんだて》、皿の色を観察し、料理のにおいをかいだり、会話を聞くことができるのだから……。それどころか、ユルシュールのように夢のなかで、まだ行ったことのない地を見物できただろう……。

皮は年老いた羊のもので、その上にペン書きしていくのはなかなか難しかった。艶《つや》がなく、ざらざらしていて、できるだけたくさんの文章を写すにはごくごく小さな文字で書かなければならない。それには並々ならぬ集中力を要した。皮の表面を袖まで文章で埋めおえたときには、折れたかと思うほど指が痛んだ。そうして僕はやっと眠りについた。

羅《ルオ》の足音で目が覚めた。朝の三時だった。石油ランプがまだ燃えていたので、たいして眠っていなかったようだ。部屋に入ってくる羅《ルオ》の姿がおぼろげに見えた。

「寝ているか？」

「いや、ちゃんとは」

「起きろ、見せたいものがある」

羅《ルオ》は皿に油を足して芯を大きく燃やすと、左手にランプを持って僕の寝台に近づき、縁に腰をおろした。目はぎらぎらしていて、髪は八方に逆立っていた。彼は上着のポケットから、きちんと畳んである四角い白布を取り出した。

「そうか、小裁縫からハンカチをもらったのか」

羅《ルオ》は答えない。だが、彼が布をゆっくり開いていくと、それが破ったシャツの裾だと分かった。小裁縫のものだろう、継ぎ当ての布が手縫いされていた。

布には、ひからびた木の葉が数枚包まれていた。蝶の羽のようにどれもきれいな形をしていて、鮮やかな橙《だいだい》色や、明るい黄金色が混じった褐色をしている。しかし、どの葉も黒い血の痕で汚れていた。

「銀杏《いちょう》の葉だ」羅《ルオ》が熱にうかされたような声で言った。「小裁縫が住んでる村の東に、誰も知らない谷間があって、底にすごくでかい銀杏の木があるんだ。そこで立ったまやってきた、幹に押しつけて。あの子は初めてだったんで、血が地面に流れて葉についた」

僕はしばらくのあいだ無言でいた。やっと木の姿を、その堂々たる幹、豊かな枝葉、地面に散らばった葉を頭に思い描くことができるようになると、羅《ルオ》に尋ねた。

「立ったまま？」

「ああ、馬みたいにさ。たぶんそれでだな、終わった後、あの子、笑ってたよ。谷間のずっと向こうに届くくらい大きな品のない声で、鳥も驚いて飛びたっていった」

僕たちを開眼させた『ユルシュール・ミルエ』は、約束の期日のうちに正式な所有者、つまり眼鏡なしのメガネのもとに返された。僕たちは、厳しい肉体労働を彼のためにしてやれば、秘密の鞄に隠されているほかの本を貸してもらえるという夢想を育《はぐく》んでいた。

だが、メガネにはもうその気はなかった。僕たちはしょっちゅう彼の家に行き、食べ物を持ちこんだり、ご機嫌をとったり、ヴァイオリンを弾いたりした……。しかし母親が送った新しい眼鏡が届くと彼は半盲目状態から脱し、僕たちの夢想も潰《つい》えてしまった。

本を返してしまったことを、どれほど悔やんだことか。「あれはとっておくべきだった」羅《ルオ》は何度も繰り返し言った。「小裁縫に一頁ずつ読んで聞かせることができたんだ。そうしたらあの子は絶対、もっとあか抜けて教養がついたはずだ」

その考えが浮かんだのは、僕が上着の皮に写した文章を読んだのがきっかけだったという。ある休みの日、羅《ルオ》は小裁縫に会うため、二人の待ち合わせ場所、愛の谷の銀杏まで行ったが、そのときに僕の皮の上着を借りていった。僕と羅《ルオ》は頻繁に服を交換していたのだ。彼は話してくれた。「俺がバルザックの文章を一語一語読んで聞かせた後、あの子はお前の上着を手にして、もう一度、今度は一人で黙って読んだ。聞こえてくるのは、頭の上でさらさら鳴る葉の音と、どこかの急流の、遠いせせらぎだけだった。天気がよくて空が青くてね、紺碧《こんぺき》の空ってやつで楽園にいるみたいだった。読みおえると、あの子は口をぽかんと開けたまま、信者が神聖なものを手にするように、両の手のひらにお前の上着をのせて、じっとしてた」

羅《ルオ》は続けた。「このバルザックってやつは本物の魔法使いだよ。あの子の頭に、目に見えない手を置いたんだ。彼女はすっかり様子が変わっちまって、ぼんやりと夢でも見ているようで、しばらくしてやっと我に返って地に足がついた。最後にそのボロい上着を着て、それもなかなか似合ってたんだが、俺に言ったんだ。バルザックの言葉が肌に触れると、幸せと知恵をもらえそうって……」

小裁縫のこの反応に僕たちはすっかり魅せられ、それだけになおのこと、本を返してしまったことが悔やまれた。だが、次の機会がめぐってきたのはずっと先、夏のはじめのことだった。

その日は日曜だった。メガネは家の前で火を熾し、石の上には、水の入った大きな鍋が置かれていた。彼の家に着いたとき、羅《ルオ》も僕もその大がかりな洗濯に驚いた。

はじめメガネは、僕たちに口をきかなかった。疲れきっていて元気のない様子だった。鍋が沸騰すると、嫌悪も露わに上着を脱いで投げこみ、長い棒で底まで沈める。もうもうとあがる湯気に包まれた彼が、みすぼらしい上着をぐるぐるとかき混ぜると、水の表面には黒い泡やタバコの屑が浮きあがり、悪臭が立ちのぼった。

「虱《しらみ》退治かい？」僕は尋ねた。

「ああ。千丈崖で大量についちまった」

その崖の名には聞き覚えがあったが、行ったことはなかった。僕たちの村からは遠く、最低でも歩いて半日はかかる場所だった。

「向こうに何しに行ったんだ？」

彼は答えない。シャツ、Tシャツ、ズボン、靴下を機械的に脱いでいき、熱湯のなかに沈める。痩せて骨ばった体は、赤い大きな吹き出物だらけで、ひっかいて血まみれになった皮膚には爪あとがついていた。

「こいつら、ばかみたいにでかいんだ、あのくそ崖の虱は。おまけに服の縫い目に卵を生みつけやがった」メガネは僕たちに言った。

彼は家から下ばきを取って戻ってきた。鍋に入れる前に僕たちに見せる。なんとも！　縫い目の襞《ひだ》の部分には、数珠つなぎになった虱の黒い卵が幾重にもとぐろを巻き、小さな真珠のように光っていた。一目見ただけで、爪先から頭のてっぺんまで鳥肌がたった。

羅《ルオ》と僕は鍋の前に並んで座ると、火を絶やさないように木片をくべ、メガネのほうは長い木の棒で熱湯のなかの服をかき混ぜていた。彼はとうとう、千丈崖に出かけた真の理由をぽつぽつと明かしはじめた。

二週間前、メガネは母親から一通の手紙を受けとった。この母親は以前、詩人として僕たちの省で名を知られていた女性で、靄や雨、初恋のはにかんだ思い出を抒情詩にして詠《うた》っていた。便りによると、彼女の旧友が臨時ではあるが革命派文芸誌の編集長に就任し、メガネのため、雑誌に働き口を見つけてみると約束したという。その編集長はまた、自分が後ろ盾になっているととられないよう、まずはメガネが、ご当地の民謡を集めて発表してみてはどうかと持ちかけていた。つまり正真正銘の山の歌で、革命的なリアリズムとロマンス（中国共産党が掲げていた理想的な文学様式）が刻みこまれている、真心の歌をだ。

　手紙を受けとってからこのかた、メガネは白昼夢のなかで過ごしていた。彼のなかではすべてが変わった。生まれて初めて、幸せというものに浸っていたのだ。メガネは畑仕事に出ることを拒否し、山の歌を求めて一人、意気揚々と収集に乗り出した。歌をたくさん集めることができると信じて疑わなかったし、母親のかつての愛読者がした約束は、実現したも同然と考えていた。しかし一週間が過ぎても、公式な雑誌に発表できるような歌は見つからず、節《ふし》ひとつ書き取ることができなかった。

　メガネは母親への手紙に、悔し涙を流しながらその失敗をしたためた。だが、手紙を郵便配達に渡したとき、千丈崖にいる山の老人のことを耳にした。その粉ひきはこの地方の民謡のすべてに通じており、無学ながらかつては歌い手で、歌にかけては右に出る者がないという話だった。メガネは手紙を破り捨てるや、歌を求めてふたたび出発した。

「そのじじいが惨めな酔っぱらいでさ」彼は言った。「あんな貧乏な人間を見たのは初めてだよ。やつが何を酒の肴《さかな》にしていると思う？　砂利だぜ！　本当に本当さ！　塩水につけた砂利をほおばって、歯のあいだを転がしてから地面に吐き出すんだ。そいつをひすい団子の粉ひき特製汁添えなんて呼んでやがる。やってみろと勧められたが、断わったんだ。じいさんが怒りっぽいってことを計算に入れてなくてさ。そしたら、やたらといらいらしはじめて、こっちが何をしようが、どんな額を申し出ようが、これっぽっちも歌おうとしなくなっちまった。それで何曲か歌を盗めないかと思って、二日間、古い粉ひき小屋にいて、夜はじいさんの寝台を借りたんだ。毛布なんて、もう何十年も洗ってないようなやつでさ……」

その場面を想像するのはたやすかった。虫がうじゃうじゃいる寝台で、メガネは目を覚ましたまま、粉ひきの老人が寝言のなかで偶然、正真正銘の真心の歌を歌いだすのをうかがっていたのだ。虱は住処《すみか》から出、暗がりのなかで彼に襲いかかる。血を吸い、夜でも外さない眼鏡のつるつるしたレンズの上でスケートをする。老人が寝返りを打ったり、しゃっくりをしたり、咳をしたりするたび、メガネは密偵のように息を止め、歌を書き取るために小さな懐中電灯をつける準備をする。そして、すべてが元どおりになる。老人は、昼夜をおかず回っている水車の輪に合わせ、またいびきをかきはじめる。

「考えがある」羅《ルオ》がぶしつけに言った。「もしその粉ひきから民謡を聞き出すことができたら、バルザックのほかの本を貸してくれないか？」

メガネはすぐには答えなかった。曇った眼鏡越しに、鍋で沸騰している黒ずんだ熱湯をじっと見つめている。泡とタバコ屑のあいだでくるくる回っている虱の死骸に、心を奪われてしまったかのようだった。

やっと目をあげると羅《ルオ》に尋ねた。

「どうやってやるつもりなんだい？」

❖

一九七三年の夏、その日、千丈崖に向かった僕たちは、共産党党大会の公式写真からそのまま飛び出してきた人物かと思われただろう。そうでなければ、革命幹部が挙げた結婚式の記念写真からだ。僕は、濃い灰色の襟《えり》がついたマリンブルーの上着を着ていた。衣裳係の小裁縫が作ったそれは毛主席《マオ》の上着と寸分違わぬもので、襟からポケットの形まで、どんな細かいところも本物そっくりだった。両袖は、三つのかわいい小さなボタンで飾られ、その黄金色は腕を動かすと光を反射しそうなほど。そして頭には、あっちこっちに逆立って若さを露呈している髪を隠すため、彼女の父親がかぶっていた帽子をあてがわれた。明るい緑色の、軍の将校がかぶっているようなやつだったが、僕には小さすぎて、もっと大きなものがなかったのかと思った。

羅《ルオ》のほうは、僕の秘書役にしかるべき格好で、色のあせた軍服を着ていた。前の日に、兵役《へいえき》を終えたばかりの若い農民から借りてきたもので、胸には火のように赤いメダルが輝き、髪を一本残らず後ろになでつけた金ぴかの毛《マオ》の顔が浮かびあがっていた。

その辺鄙《へんぴ》な場所は、知られざる未開の地にあった。それまで足を踏み入れたことがなかった僕たちは、竹林で道に迷いそうになった。あたり一面に群生している竹は、雨に光って暗く湿り、姿を潜めた獣の、つんとくるにおいをはらんでいた。竹は僕たちを取り囲むように絡み合い、ときおり竹の子が伸びるときに出る淫《みだ》らな音が、ぱちぱちと静かに弾けた。竹の子のなかでも特にたくましいものは、一日で三十センチも伸びるという。

老いた歌い手の水車小屋は、過去の遺物といった感があった。高い崖から落ちてくる滝にまたがるようにして建ち、黒い縞の入った白石の巨大な輪は、田園ののどかさそのままに、軋《きし》みながら、水のなかでゆっくりと回転していた。

一階の床はぐらついていた。足元の、ところどころ割れている古板を通して、水が大きな石のあいだを流れていくのが見えた。水車の輪が軋む音は跳ね返ってこだまとなり、頭に鳴り響いた。部屋のまんなかにいた上半身裸の老人は、回転する臼《うす》に穀物を入れる手を止め、用心深げに、そして言葉もなくこちらを見ていた。

僕は、僕たちの省の方言、つまり四川語ではなく、映画で見たのを正確にまねて、北京語で挨拶をした。

「何語を話してるのかね？」老人は困ったような顔をして羅《ルオ》に尋ねた。

「標準語ですよ」羅《ルオ》が答える。「北京の言葉です。ご存じないのですか？」

「北京とはどこかね？」

この質問には度肝《どぎも》を抜かれたが、老人が本当に北京を知らないことが分かると、僕たちは腹を抱えて笑ってしまった。一瞬、外の世界へのその完璧な無知が羨《うらや》ましく思えるほどだった。

「北平《ペーピン》ならどうです、聞いたことはありませんか？」羅《ルオ》が尋ねる。

「北《ベイ》、平《ピン》？　もちろんだとも。北の国にある大きな町だ」老人は言った。

「その町は二十年以上も前に名前が変わったんですよ、おじいさん。そして私の隣にいらっしゃるこのお方は、あなたが北平《ベイピン》と呼んでいるところの言葉を話しているのです」羅《ルオ》はそう説明した。

老人は敬意に満ちたまなざしを僕によこした。毛《マオ》の上着をじっと見つめ、袖についた三つの小さなボタンに目を留める。そして指の先で触れた。

「こりゃ何の役にたつんですかな？　このちっこいやつは」僕に尋ねた。

羅《ルオ》がその質問を訳す。僕は下手くそな北京語で知らないと答えた。だが、僕の通訳は、粉ひきの老人にこう説明した。これは本物の革命幹部がつける紋章である、このお方はそうおっしゃっておられると。

「このお方は、この地域の民謡を集めるために北平《ベイピン》からお越しになったのです。ですから歌を知っている人民の皆さんは、それをこのお方の前で実演しなければならないのですよ」大ペテン師の羅《ルオ》は平然と続けた。

「山のもんを？」いぶかしげな目つきで老人は僕に尋ねた。「ああいうのは歌とは違うのでしてね。ただの節回しですわ、昔からずっとある節回しじゃ、お分かりかね？」

「このお方がお望みなのは、まさにその節回しなのですよ、それと、素朴で真の力を持った歌詞です」

粉ひきの老人は、具体的になった要求を頭のなかで繰り返していた。そして狡賢《ずるがしこ》そうな、妙な笑みを浮かべて僕を見た。

「あんたさんは本当に……？」

「ええ」僕は答えた。

「このお方は本当に、わしが下品なのを歌うのをお望みなのかね？　だって、いいかね、わしらの節回しは、承知だと思うけんど、ありゃ……」

そのとき、大きな籠を背負った農民が数人やって来て、老人の言葉はさえぎられた。

僕は心底怖かった。僕の通訳もだ。僕は羅《ルオ》に耳打ちした。「ずらかるか？」だが、老人は振り向き、羅《ルオ》に尋ねた。「何とおっしゃったのですかな？」僕は顔が赤くなるのを感じ、気まずさを隠すため、籠をおろすのを手伝うふりをして農民たちのほうに駆け寄った。

農民は六人いた。僕たちの村で見かけたことのある者はなく、こちらのことを知るよしもないことがはっきりすると、僕は落ち着きを取り戻した。農民たちは、粉にするトウモロコシ粒が入った重い籠を、地面におろした。

「こっちさ来てみろ。北平《ベイピン》からいらしたこの若いお方を紹介するから。ほれ、袖んとこに、三つのちっこいボタンがついとるじゃろ?」老人は農民たちに向かって言った。

老いた世捨て人は態度をがらりと変えており、にこにこしながら、ちゃちな黄色いボタンをもっと近くで拝ませようと、僕の手首をつかんで高くもちあげ、農民たちの目の前で振りかざした。

「これが何だか知っとるか? これは革命幹部がつける印なんじゃよ」大声で言い、口から酒のにおいをぷんぷんさせる。

老人は、痩せた体からは想像もつかないほど腕っ節が強く、まめだらけの手に、僕の手首はへし折られそうになった。横にいたペテン師、羅《ルオ》は、老人の言葉を公式の通訳として、くそまじめに北京語に訳した。僕は、映画で見た指導者たちのやり方をまね、一人一人と握手をし、うなずきながら、ひどい北京語で話さなくてはならなかった。

そんなことをしたのは生まれて初めてだった。身分を偽った訪問に僕はいたたまれない思いをしていたが、それもこれも、革の旅行鞄の持ち主、あの冷血なメガネの使命を果たすために計画されたことだった。

うなずいていると、僕の、というより仕立屋の緑の帽子が地面に落ちた。

やがて農民たちは、粉にするトウモロコシ粒を山のように残して出ていった。僕は疲れ果てていた。おまけに小さな帽子は、今や本物の鉄の輪のようで、頭をますます締めつけ、頭痛がしていた。

粉ひきの老人に案内され、僕たちは、横木が二、三本欠けている小さな木の梯子《はしご》をあがって上の階に行った。老人は籐《とう》の籠に駆け寄ると、酒の入ったひょうたんと三つのぐい飲みを取り出した。

「こっちのほうが埃っぽくないんですわ。一杯やりましょう」にやにやしながら言う。

薄暗く、だだっ広い部屋には、床のほぼ一面に小石が敷きつめられていて、僕はメガネのひすい団子の話を思い出した。一階と同様、部屋には椅子も腰かけも、住居にならば普通ある家具もなく、大きな寝台がひとつ置かれているだけだった。その上の壁に、黒くて光沢《こうたく》のある豹《ひょう》か何かの毛皮が張られ、そこに楽器がかけてあった。竹でできた三弦の楽器で、ヴィオール（ヴァイオリンに似るが、立てて構えるヨーロッパの古楽器）に似ていた。

粉ひきの老人が座るように勧めたのは、そのたったひとつの寝台で、つまりそれは、僕たちに先行したメガネに、苦い思い出と大きな赤い腫れを残した寝台だった。

通訳をちらりと見ると、滑りやすい小石の上でおずおずしているのが手にとるように分かった。彼は床でコケそうになっていた。

「外で席を設けるというのではだめですか？　ここは暗すぎます」とうとう冷静さを失った羅《ルオ》が口ごもりながら言った。

「心配ご無用」

老人は石油ランプを灯して寝台の中央に据えた。なかの油が残り少なかったので探しに行き、すぐに、油がたっぷり入ったひょうたんを持って戻ってくる。半分をランプに注ぐと、寝台の上の、酒が入ったひょうたんの隣に置く。

僕たちは三人とも寝台にあがり、石油ランプを囲んでしゃがむと、ぐい飲みの酒を飲みはじめた。寝台の一角の、僕のいるところからわずか数センチのところには、ぐちゃぐちゃに巻かれた毛布が、汚い服と一緒にかたまっていた。飲んでいるとズボン越しに、小さな虫が片足を登ってくるのを感じた。僕は、役人にしかるべき礼儀作法を無視して遠慮がちに手をやったが、すると急に、今度は別の足を喰われた。おびただしい数の、いとしき小さな者たちは、僕の体で宴会を開いているようだった。虫たちはお次の料理に、僕の血管が供する新たな饗宴に大はしゃぎしているのだ。大鍋の映像が目の前をちらついた。熱湯のなか、黒い泡にまみれたメガネの服が浮かんでは沈み、くるくると回転している。やがて服は、僕が着ている毛《マオ》の新しい上着に代わる。粉ひきの老人は、僕たちを虱の餌食にしたまま出ていき、皿と小さなお碗、そして箸を三膳持って戻ってきた。それをランプの横に並べると、寝台にあがって腰をおろす。

よもや老人が、メガネに対してしたことを僕たちにもするとは。これは羅《ルオ》も僕も予想だにしていないことだった。だが、もう遅い。目の前に置かれた皿には、そのへんに落ちている砂利が山盛りになっていた。石には艶があり、濃淡さまざまな灰色や緑色をしている。お碗の澄んだ水は石油ランプに照らされて半透明になっていた。底には大きな粒の結晶がいくつかあって、塩汁だということが分かった。僕の体を襲っている虱どもは引き続き活動範囲を広げ、ついには帽子の下に潜りこんだ。頭皮は我慢できないほどかゆくなり、髪は逆立った。

「やってくだせえ。こりゃ、普段のわしの料理でしてね、ひすい団子の塩汁添えです」老人は言った。

そう話しながら箸を取って皿の小石をひとつつまむと、半ば儀式のようにゆっくりと汁に浸して口に運び、たっぷりとしゃぶった。小石はしばらく口のなかにあった。黄ばんだ汚い歯のあいだを転がり、喉の奥に消えたかと思うとまた出てくる。そして唇の端から吐き出すと、寝台から離れたところに転がした。

羅《ルオ》は一瞬ためらった後、箸を取って最初のひすい団子を口にし、意外な味わいに驚きを露わにした。その讃美には同情も混じっていた。北平《ベイピン》のお偉いさんである僕も二人に倣《なら》った。汁にはそれほど塩気はなく、小石は口のなかにやや苦い、甘ったるい後味を残した。

老人は僕たちのぐい飲みに後から後から酒をつぎ、一緒に一気飲みするよう促《うなが》した。三人の口からぷっと吐き出される小石は放射線を描いて床に落ち、以前から敷きつめられていた小石にぶつかると、明るく乾いた、楽しげな音をたてた。

老人の体調は万全だった。また真に玄人《くろうと》に徹した考えを持っていた。歌う前に部屋を出ると、大きな音をたてて軋んでいた輪を止め、さらに音響をよくするため、窓も閉めた。上半身裸のまま、帯——と言っても、編んだ藁《わら》の細縄だが——の位置を直し、そしてついに、三弦の楽器を壁から取り外した。

「昔の節回しを聴きたいのでしたな」彼は尋ねた。

「はい、権威ある公式の雑誌のためなんです」羅《ルオ》は本音を語った。「私たちを救うことができるのは、おじいさんだけです。私たちに必要なのは、革命的なロマンスに彩《いろど》られた、正真正銘の、真心のこもった歌です」

「そりゃ何だね、ロマンスとかいうのは？」

羅《ルオ》は考えた末、証人が天に向かって宣誓するかのごとく胸に手をやった。

「愛と感動です」

老いて骨ばった指が、ギターのように構えた楽器の弦を静かにさまよう。最初の音が鳴り響き、やっと聞こえるほどの小声で、老人は節をはじめた。数秒間、声もはじめ、僕たちの視線をとらえて離さなかったのは老人の腹だった。あの腹には本当に旋律も、とにかくすべてが、すっかりどこかにいってしまった。あの腹部には本当にたまげた！と言っても、痩せているので肉はまるでなく、しなびた腹部の皮膚が、小さな襞《ひだ》を無数に作っているのだった。老人が歌うと、酒で赤みをおび、日焼けしたむき出しの腹で、その襞が目覚めて動きだし、さざ波となって引いては寄せた。帯代わりの藁の細縄は狂ったように揺れる。何度か皮膚の襞の波に飲みこまれて見えなくなり、とうとう潮の流れにさらわれたかと思うと、ふたたび、しっかりとその雄姿を現わす。まさに魔法の縄だった。

やがて粉ひきの老人の、しわがれているが通りのよい声がとても大きく部屋に響きわたった。歌いながら目は絶えず、羅《ルオ》と僕のあいだを行き来する。あるときは親しげに同意を求め、あるときはまた、やや険しい目つきで睨んで。

老人はこう歌った。

ねえ、
年とった虱は
何が怖いんだい？
熱い湯が怖いんだ
熱い湯が
じゃあ、あの若い尼さんは
ねえ、
何が怖いんだい？
年とった坊さんが怖いんだ
とにもかくにも
年とった坊さんが

僕たちは発作のような大笑いにとらわれた。羅《ルオ》が先に、続いて僕も。なんとかこらえようとしたが、笑いはこみあげこみあげ、ついに爆発した。粉ひきの老人は歌いつづけた。顔に浮かぶ笑みはむしろ誇らしげで、腹では皮膚の皺が波うっていた。羅《ルオ》も僕も床に倒れこんで腹がねじれるほど笑いに笑い、どうにも止めることができなかった。

羅《ルオ》は目に涙をためながら立ちあがると、ひょうたんを取り、三つのぐい飲みについだ。老いた歌い手は最初の節を終えていた。それは山のロマンスを秘めた、正真正銘の、真心の歌だった。

「まずはその、とんでもないお腹に乾杯といきましょう」羅《ルオ》がそう提案した。

ぐい飲みを手にした歌い手は、腹を触ってみろと言い、見事な動きを楽しませるために、歌わずに呼吸をした。そして僕たちは乾杯し、ぐい飲みを一気にあおった。数秒間僕も二人も何ともなかった。だが、いきなり奇妙なものが喉にこみあげてきた。あまりのことに僕は自分の役割も忘れ、四川語まるだしで老人に尋ねた。

「これは何ですか、この焼酎は？」

その言葉を合図に、三人がほとんど同時に口のなかのものを吐き出した。羅《ルオ》はひょうたんを間違えていた。彼がついだのは酒ではなく、石油ランプ用の油だった。

❖

メガネは唇に皺をよせ、満面の笑みをたたえていた。そんなことは鳳凰山に来てから初めてのことだったろう。暑い日だった。小さな鼻には細かい汗の粒が浮かび、眼鏡は滑って二度も落ちそうになった。それでもメガネは、僕たちが書き写してきた、老いた粉ひきの十八篇の歌を夢中で読んでいた。紙には塩汁や酒、石油のしみがついている。羅《ルオ》と僕は服や靴を脱ぐ気力さえなく、そのまま寝台に横になっていた。ほとんど一晩中、山を歩いてきたのだ。竹林を通り抜けたときには、目に見えぬ獣のうなり声が遠くから聞こえ、夜明けまで僕たちにつきまとった。そんなわけで疲れ果て、死ぬ一歩手前だった。そのとき急にメガネの顔から笑みが消え、表情が暗くなった。

「ばか野郎！　お前らが写してきたのは下品なやつばかりじゃないか」彼は怒鳴った。

本物の司令官が大声で怒り狂っているかのようだった。そんな口調にいい気持ちはしなかったが、僕は黙っていた。彼に期待することはただひとつ、使命の報酬として本を一、二冊貸してもらうことなのだ。

「お前が頼んだものだぞ、正真正銘の山の歌じゃないか」羅《ルオ》が張りつめた声で思い出させた。

「まったく！　だけど、表に出せる歌詞がほしいと、ちゃんと言っておいたじゃないか、リアリズムとロマンスがこめられたやつを」

そう言いながらメガネは、紙を二本の指でつまんで頭の上で振り回した。ペラペラいう音と、生《き》まじめな教師のような声がした。

「どうして君たち二人はいつも、卑猥《ひわい》な禁書ばかりほしがるのかね？」

「ふざけるな」と羅《ルオ》。

「ふざけてるのはどっちだ！　これを公社の革命委員会に見せろって言うのか？　粉ひきのじいさんは、猥褻《わいせつ》な歌を広めたかどであっという間に告発されちまうぜ。刑務所行きになっても、マジでおかしくない」

僕はメガネのことが、にわかに大嫌いになった。だが、怒りを爆発させるときではなかった。それよりも彼が約束どおり、本をよこすのを待つほうがいい。

「密告したいならさっさとやれ。俺はあのじいさんが好きだ。歌も、声も、あのすげえ腹の動きも、そして、この歌詞もだ。今度、金を少し持っていくつもりだ」羅《ルオ》が言った。

メガネは寝台の端に座り、やせ細った足を机の上にのせた。そして紙きれを一、二枚、もう一度読んだ。

「こんな下品なやつを写してきたなんて時間の無駄もいいところだ！　あきれたよ！　お前ら、公式な雑誌がこんなのを出版すると思うのか、それほどばかだったのか？　こんなもんで僕が編集部に入れるわけがないだろ」

母親の手紙を受けとってからというもの、メガネはひどく変わってしまった。何日か前だったら、僕たちにそんな口のきき方をするなんて想像もつかなかったことだ。未来への一握りの希望が、一人の人間をそうまで変えてしまうとは思いもよらなかった。すっかり狂って横柄《おうへい》になり、声には欲と憎しみが漲《みなぎ》っていた。メガネは、僕たちに貸すべき本のことには触れもしなかった。立ちあがり、紙を寝台に置いて出ていくと、台所から食事の準備をし、野菜を切る音が聞こえてきた。彼はしゃべりつづけていた。

「その紙を集めて、すぐ火に入れちまうか、ポケットに隠したほうがいいぜ。そういう猥褻《わいせつ》な禁書の類を家に置いてもらいたくない、寝台の上なんかに!」

羅《ルオ》はメガネを追って台所に行った。

「本を一、二冊よこせよ。そしたら出ていく」

「本って何だよ?」キャベツだかカブだかを切る手を休めず、メガネがそう尋ねるのが聞こえた。

「お前が約束した本だ」

「僕をばかにしてるのか、ええ?こんなひどいもんを集めてきて、僕が面倒なことになるだけじゃないか。それをわざわざ見せるなんて、こんな……」

すると急に黙り、包丁を手にしたまま部屋に飛びこんできた。寝台の上に散らばっていた紙を集め、光によくあてるために窓に近づくと、もう一度読む。「おお！　助かったぞ」彼は大声を出した。「少し歌詞を変えればいいんだ、言葉を足したり削ったりすれば……。僕の頭はお前らのとは出来が違うんだ、そういうことだ。たぶん僕は、知能がもっと高いんだ！」

メガネはたいして考えもせず、最初の一節を例に、自分で脚色し、偽作したものを実演してみせた。

　ねえ、
　惨めな資産階級の虱は
　何が怖いんだい？
　労働者階級の熱い波が怖いんだ

僕は電撃が走ったかのように体を起こし、立ちあがるとメガネに飛びかかっていった。怒り心頭に発し、ただ紙をもぎ取るだけだったはずが、拳を握りメガネを力いっぱい殴っていた。よろめいたメガネは、後頭部を壁にぶつけて跳ね返り、包丁を落とすと、鼻血を出した。僕は紙を取り返し、細かくちぎってやつの口に押しこんでやりたかった。だが、メガネは紙を手放さなかった。

殴り合いなどしばらくしていなかったので、僕は一瞬どうしたらいいか分からなくなり、何が起こっているのか理解できなかった。やつが大きく口を開けているのが見えたが、叫び声は聞こえなかった。

我に返ったときは家の外で、羅《ルオ》と僕は、山道の端の岩陰に座っていた。羅《ルオ》が、僕が着ていた毛《マオ》の上着をさすと、メガネの血でしみができていた。

「戦争映画の主人公みたいだったぜ。こうなっちまったら、もうおしまいだな、バルザックは」羅《ルオ》が言った。

❖

栄経の町がどんなところかと聞かれるたび、僕は必ず、羅《ルオ》の言葉でそれに答えている。つまり役所の食堂で牛肉のタマネギ炒めが調理されると、においが町中に漂ってくるほど小さな町なんだと。

実際、町には二百メートルほどの道が一本通っているだけで、そこに役所、郵便局、商店、本屋、高校、食堂が軒を連ねていた。食堂の裏手には十部屋ほどの宿。また町の出口には、丘の中腹にしがみつくようにして県立病院が建っていた。

その夏、村長は僕たちを二度三度と町に送り、映画の上映を観にいかせた。僕が思うに、この気前のよさには隠された理由があった。村長は僕たちの目覚まし時計に、あの孔雀の羽を偉そうにつけ、一秒ごとに米粒をついばむ鶏に、どうしようもなく魅せられてしまったのだ。共産党員に転向したかつての阿片の栽培人は、熱烈な恋に落ちていたのである。かりそめにも、それをわがものにする唯一の手段は、僕たちを栄経に送ることだった。往復にかかる四日間、村長は目覚まし時計の持ち主となった。

八月の終わり頃、つまり例の乱闘でメガネとの外交関係が凍結されてから一ヵ月後、僕たちはふたたび町を訪れた。だが、そのときは小裁縫も一緒だった。

高校のバスケットコートは観客であふれ、野外上映されていた映画は、いつものように北朝鮮の古い映画《花売りの娘》だった。羅《ルオ》と僕はそれをもう観ていたし、村人たちにも語って聞かせていた。小裁縫の家で、四人の老いた魔女が熱い涙を流したのも同じ映画だ。ひどい映画だった。それと知るために、わざわざ二度も観ることはない。しかしながら、僕たちの浮かれた気分がまるきり台なしになるわけではなかった。町に行くことがまずうれしかったのだ。ああ！　たとえハンカチ並みに小さくとも、町の雰囲気というやつはいいものだ。牛肉のタマネギ炒めのにおいでさえ、村でかぐのとは違うこと請け合いである。それに石油ランプだけの生活とは違い、電気が通っているのだ。とは言え、僕たち二人が都会の生活にとりつかれていたとは思わないでほしい。上映会に行くという使命のおかげで、畑での重労働が四日間免除されたのだ。そうでなければ四日のあいだ、人と動物の堆肥を背負って運ばねばならず、水牛の長いしっぽを顔面にまともに喰らうことを恐れながら、泥にまみれて水田を耕さなければならなかったのだ。

気分が浮かれていたもうひとつの理由は、小裁縫が一緒だったからだ。町に着いたときには映画の上映はすでにはじまっていて、僕たちはスクリーンの裏で立ち見をするしかなかった。その場所ではすべてが逆さまで、誰もが左利きだった。それでも彼女は、この珍しい催しものを見逃したくはなかった。そして僕たちにしてみれば、小裁縫のきれいな顔が、スクリーンから送られてくる色とりどりの光に照らしだされるのを眺めるのは、まさに贅沢《ぜいたく》なごちそうだった。闇に飲みこまれたときには、暗がりのなか、鬼火のような両目しか見えなくなる。急にカットが変わると、顔はふたたび照らされて色づき、夢想の輝きのなかで花開くのだった。ざっと二千人、いや、もっとたくさんいる女性の観客のなかで、間違いなく彼女が断トツの美人だった。周囲の男たちの嫉妬に満ちた視線を感じると、男の見栄のようなものが心の奥底にわきあがってきた。映画が三十分ほど進んだ頃、上映の真っ最中だというのに小裁縫はこちらを振り向き、心臓が止まるようなことを僕の耳元でささやいた。

「あなたが話してくれるほうが、ずっと面白いわ」

泊まった宿はとても安く、一部屋が今の五角（十円ほど）ほどで、牛肉のタマネギ炒め一皿の値段とあまり変わらなかった。中庭では顔見知りの禿げた老人が、夜の守衛をしながら椅子でうつらうつらしていた。老人は僕たちに向かって電気の点《つ》いた一室を指さすと、低い声で言った。その晩、そこを借りた四十歳くらいのおしゃれな婦人は、僕たちの省都から来ていて、明日、鳳凰山に出発するのだと。

「息子さんを迎えに来たんだよ。そのご婦人が、地元でいい仕事を見つけてあげたんだ」彼はそうつけ加えた。

「息子さんは再教育中なんですか？」羅《ルオ》が尋ねる。

「そう、あんたらみたいにね」

その幸せ者は誰なのだろう。山で再教育を受けている百人ほどの若者のなかで、誰が最初に帰ることができるのか。その問いが夜のまるまる半分、僕たちにとりついて離れなかった。心はいたぶられ、熱にうなされたように目はさえわたり、羨ましさに身を苛《さいな》まれる思いだった。宿の寝台は燃えるようで、眠るどころではなかった。メガネのような資産階級の息子と僕たちのような人民の敵の息子、つまり千分の三の確率しかない者を除いて、男子の名をすべて数えあげてみたが、誰が幸運を手にしたのかは見当がつかなかった。

翌日の帰りの道、僕は息子を救いに来たその婦人と出会うことになった。山道が岩場に入って上り坂になり、山の高みに漂う白い雲に消えるちょうど手前でのことだ。小足元には見渡す限り、チベット人や中国人の墓でいっぱいの斜面が広がっていた。小裁縫はそこで、母方の祖母が眠っている場所を案内したがった。しかし僕は墓場があまり好きではないので、二人は僕をおいて墓石の森に入っていった。そこには半ば土に埋まっている石もあれば、伸び放題の雑草に隠れて見えなくなっている石もあった。

僕は山道の端に行き、せり出た岩の切っ先の下で、木の枝と枯れ葉を使っていつものように火を熾した。そして袋からサツマイモをいくつか出して、焼きイモにするために灰のなかに埋めた。婦人が現われたのはそのときだった。二本の革ひもで若い男の背にくくりつけられた、木の椅子に座っていた。驚いたのは、彼女がそんな危険な姿勢でいるにもかかわらず、露台にいるかのように、無情なまでに涼しい顔で編み物をしていたことだった。

とても華奢《きやしや》な人で、コールテンでできた深緑の上着を着、薄茶のズボンをはいていた。柔らかそうな革でできている靴は、底が平らで褪せた緑色をしている。担ぎ手は僕のいるところまで登ると休憩を望み、四角い岩の上に椅子を置いた。婦人は僕の焼きイモになど目もくれず、また担ぎ手に一言のねぎらいの言葉もなく、椅子に座ったまま編み物を続けていた。僕は山の訛りをまねて、昨日、町の宿に泊まったのはあなたかと尋ねた。婦人はこくりとうなずくだけでそれを認め、編み物に戻った。この上品で、おそらく裕福な女性は、何があろうと驚きを顔に出してみせることはないのだ。

僕は、煙っている枯れ葉のなかのサツマイモを木の枝で突き刺し、軽く叩いて、土と灰を落とした。今度は言い方を変えてみることにした。

「山の焼きイモを食べてみませんか？」

「成都の訛り！」婦人は大きな声をあげた。優しい声音《こわね》で耳に心地いい。

僕は、家族が成都に住んでいるのだと説明した。僕は実際、その街の出身だ。婦人はすぐに椅子から降り、編み物を手にしたまま火の前に来てしゃがみこんだ。こんな場所に座るのは不慣れであるに違いない。

差しだされたサツマイモを取り、微笑みながら表面に息を吹きかける。だが、かじりつくのはためらっていた。

「ここで何をしてらっしゃるの？　再教育？」

「はい、鳳凰山で」別のサツマイモを炭火のなかで探しながら僕は答えた。

「本当？」彼女は声を張りあげた。「私の息子もその山で再教育を受けているのよ。知っているのじゃないかしら。あなたのところで眼鏡をかけているのはあの子だけみたいだから」

僕の枝は空を切り、サツマイモを逃した。ビンタでも喰らったように、頭のなかでは、急にがんがんと音が鳴りはじめた。

「メガネのお母さんなのですか？」

「そうなのよ」

「では、最初に自由になるのは彼なんですね！」

「おお、知っているのね？　ええ、息子はじきに、私たちの省で出している文芸誌の編集部で働くの」

「彼は、山の歌のたいへんな専門家なんです」

「知っているわ。最初は、息子がこの山で時間を無駄にするんじゃないかと心配していたの。でも違ったわ。あの子は集めてきた歌に書き足しをしたり、直したりしていたのよ。編集長は、そんな素晴らしい田舎の歌の歌詞を、とても気に入ったの」

「その作業ができたのも、お母さんのおかげですよ。本をたくさん与えて読ませたのですから」

「もちろんそうよ」

と、婦人は急に口をつぐみ、用心深げに僕をじっと睨んだ。

「本？　まさか。おイモをどうもありがとう」冷たく言い放つ。

実に怒りっぽい人だった。メガネの母親は、煙っている灰のなかにサツマイモをそっと戻し、立ちあがると出発の準備をした。それを見ながら僕は、本の話をしたことを悔やんだ。

婦人は出し抜けに僕のほうを振り向くと、恐れていた質問をした。

「お名前は何とおっしゃるの？　着いたら、あなたに会ったと息子に言うわ」

「僕の名ですか？」おずおずと、ためらいがちに僕は答えた。「羅《ルオ》って言います」

嘘が口から飛び出すや、僕はそれを死ぬほど後悔した。するとメガネの母親は、旧知の友に話しかけるような優しい声でまた叫んだ。

「あなたが、あの偉大な歯科医の息子さんなの！　驚いたわ！　あなたのお父さまが、毛《マオ》主席の歯を治療されたというのは本当？」

「誰がその話をしたのですか？」

「息子よ、手紙で」

「僕は知りません」

「お父さまは、あなたに全然お話ししていないの？　謙虚な方！　立派な、とても立派な歯医者さんに違いないわ」

「今は投獄されています。人民の敵とされたのです」

「知っているわ。私の夫も状況は似たりよったりよ」彼女は声を落とし、耳打ちをはじめた。「だけど、あまり心配はしないことよ。今は無学が流行《はや》りなの。でもいつか、腕のいいお医者さまはまた社会に必要になるわ。そして毛主席《マオ》にはまだ、あなたのお父さまが必要なはずよ」

「父と会うことができたら、そのうれしい言葉を伝えます」

「あなたも、しっかりやってちょうだい。私だって、ほら、この青いセーターを休まず編んでいるけど、これはただの見せかけなの。本当は編み物をしながら、頭のなかで詩を作っているのよ」

「えっ！　それは驚きです。どんな詩なのですか？」と僕。

「それは職業上の秘密よ」

婦人は編み棒の先でサツマイモを突き刺し、皮を剝くと、まだ熱いのをほおばった。

「息子があなたのこと大好きだって知っているかしら？　手紙のなかに、あなたのことがよく出てくるわ」

「本当ですか？」

「ええ、あの子が大嫌いなのは、あなたと同じ村の、あなたの友だち」

　これぞまさしく秘密の暴露というやつだ。羅《ルオ》の名をかたっておいて正解だった。

「それはまた、どうしてですか？」冷静さを保つように気をつけながら僕は尋ねた。

「その子、頭がおかしいようね。私の息子が旅行鞄を隠していると思いこんでいて、会いにくるたびに、あちこち探し回っているのよ」

「本が入った旅行鞄ですか？」

「それは何のことか知らないわ」また用心深くなって言った。「ある日、とうとうその子の態度が我慢できなくなって、息子ったら一発お見舞いして、倒しちゃったのよ。血があちこちに飛んだらしいの」

　僕はそれを否定した。そしてメガネは山の歌の偽物を作るよりも、映画でも作ったほうがよかったですねと口がすべりそうになった。それならやつも、そういうばかげた場面をでっちあげて暇を潰せただろう。

「前は、殴り合いをするほど強い子だなんて知らなかったの。私、手紙を書いて息子を叱って、そんな危険なことに二度と巻きこまれないようにしなさいと言ったのよ」

婦人はそう続けた。

「僕の友だちは、メガネともう会えなくなると知ったら、とてもがっかりするでしょう」

「どうして？　復讐をしたがっているの？」

「いいえ、それはないと思いますが、その秘密の旅行鞄に手が届かなくなることを知ったら」

「そうよね！　その子はがっかりでしょうね！」

担ぎ手が待ちくたびれていたので、婦人は僕にがんばってねと言い、別れを告げた。そして椅子に乗って編み物を手にすると、去っていった。

小裁縫の先祖の墓は、山の本道から離れた南の一角にあった。周りには、見栄えのしない貧民たちの墓があって、そのいくつかは、大きさはまちまちの、ただの土の盛りあがりになり果てていた。枯れかかった背の高い草のなかで墓石が傾いているのは、まだましなほうだ。小裁縫がお参りをしていた墓石はとても質素なもので、惨めとも言えそうだった。暗い灰色に青い縞が入った石は、何十年もの雨ざらしで浸食されていた。名前と二つの年号だけが刻まれ、それが一庶民の人生を要約している。小裁縫は羅《ルオ》と一緒に、近くで摘んだ花を供えていた。ハート形で、ニスがかかったような緑の葉のついたハナズオウ、優雅に身をかがめるシクラメン、鳳凰の仙女たる鳳仙花、そして野生の蘭《らん》も何輪かあった。汚れのない、とても珍しい乳白色の花びらが、淡い黄色の花心を取り囲んでいた。

「そんな浮かない顔して、どうしたの?」小裁縫が僕に向かって叫んだ。

「バルザックの喪に服してるんだ」僕はそう告げた。

僕は、メガネの母親、あの編み物をしながら詩を紡いでいる婦人との出会いをざっと話した。僕と違って二人は、老いた粉ひきの歌の恥ずべき盗作にも、バルザックとの別れにも、メガネの出発が間近に迫っていることにも、さほど動じなかった。それどころか僕が歯医者の息子を即興で演じた話に吹きだし、笑い声は静かな墓地に鳴り響いた。

笑う小裁縫は、またもや僕を魅了した。それは野外上映のあいだ、僕をめろめろにしたのとはまた別の美しさだった。小裁縫が笑うとあまりにかわいいので、大げさでなく、僕はすぐにでも彼女と結婚したくなってしまうのだった。彼女がたとえ羅《ルオ》の恋人であったとしてもだ。その笑いは、墓に供えられた花のなかでいちばん強く匂っていた蘭の香がし、息には熱い麝香《じゃこう》のにおいが漂っていた。

小裁縫が先祖の墓の前にひざまずいているあいだ、羅《ルオ》と僕は立ったままでいた。彼女は何度か平伏し、そっと独り言をつぶやくように、慰霊の言葉を投げかけていた。

そして急に、僕たちのほうを振り向いた。

「ならば、メガネの本を盗みに行くというのはどう?」

✤

メガネの出発は九月四日に予定され、それに先だつ数日間、僕たちは小裁縫を通して、彼の村で起こっていることを、ほぼ一時間ごとに追っていた。小裁縫は縫子《ぬいこ》という生業《なりわい》のおかげで、客たちのおしゃべりを篩《ふるい》にかければ、何が起こっているのかを簡単に知ることができた。周辺のどの村からも客は来たし、そのなかには男も女も、村長も子供もいた。彼女にはすべてが筒抜けだった。

再教育の修了を盛大に祝うため、メガネと母親の詩人は、出発の前日に宴会を開く計画をたてていた。噂によると、野外で村人全員にごちそうを振る舞うため、母親は村長に賄賂《わいろ》を送って、水牛を殺生する許可をとりつけたとのことだった。

問題は、どの水牛を生贄《いけにえ》にするのか、そして、どうやって殺《あや》めるかだった。というのも、耕作用の水牛を殺すことは法で禁じられていたからだ。

僕たちは、街に帰ることを許された幸せ者のたった二人の友だったが、招待客の名簿からは漏れていた。悔しくはなかった。なぜなら宴会は、秘密の旅行鞄を盗むまたとない好機と思えたし、空き巣に入る計画を実行に移すことに決めていたからだ。

小裁縫の家には、彼女の母親の嫁入り道具だったタンスがあった。羅《ルオ》は、その引き出しの奥から錆《さ》びた長い釘を見つけだし、僕たちはそれで本物の泥棒のように万能鍵を作った。勝算はあった！　僕はいちばん長い釘を指が熱くなるまで石にこすりつけ、泥のこびりついたズボンで拭いて磨きあげた。釘は元の、ぴかぴかの輝きを取り戻し、顔を近づけると、自分の目と夏の終わりの空が映りそうなほどだった。もっとも難しい工程を受けもったのは羅《ルオ》だった。片手で石の上に釘を固定し、もう一方の手でハンマーを振りあげる。ハンマーはきれいな曲線を空に描くと釘に襲いかかり、先端をぺしゃんこにすると、跳ね返ってもちあがり、また振りおろされた……。

空き巣に入る前日か前々日、僕は夢のなかで羅《ルオ》から万能鍵を託《たく》された。霧が出ていた。ほとんど爪先立ちで歩きながら、僕はメガネの家に近づいていった。羅《ルオ》は木の下で見張りについている。村の中央の空き地では宴もたけなわで、村人たちは大声で騒ぎ、革命歌を歌っていた。メガネの家の扉は木製の両開き式で、両扉とも、戸の上の横木と、敷居に開けられた二つの穴で回転するようになっていた。扉は鎖で閉められて、銅製の南京錠がかかっている。南京錠は冷たく、霧で湿っていて、万能鍵をなかなか受けつけなかった。でたらめに回し、むりやり押しこむと、鍵は錠前の穴のなかで折れそうになった。そこで僕は、扉を取り外せないものかと力いっぱいもちあげ、敷居の穴から心棒をずらそうとした。だが、それも失敗に終わった。最後にもう一度、万能鍵を試すと、突然、カチッと音がして南京錠が外れた。扉を開けて家に踏みこむや、僕はその場に凍りついた。恐ろしいことに、メガネの母親が室内にいたのだ。目の前に当の本人がいて、机の向こうの椅子に座り、平然と編み物をしている。婦人は言葉もなくこちらに微笑みかけた。僕は耳が熱くなるほど赤面してしまい、まるで初めて女の子と待ち合わせをした臆病な男の子のようだった。彼女は「助けて」とも「泥棒」とも叫ばなかった。僕はしどろもどろに、メガネがいるかと尋ねた。婦人は答えず微笑むばかり。骨ばった指は長く、手はくすんだしみとホクロだらけで、片時も休まずに編み物を続けていた。編み棒は折り返し折り返し何度も頭を出し、潜り、さらに潜って見えなくなった。その動きに目がくらんだ。僕はきびすを返し、扉を通り抜けると後ろ手にそっと閉めて南京錠をかけた。家から叫び声はあがらなかったが、猛烈な速さで逃げ出し、一目散《いちもくさん》に走った。僕が飛び起きたのは、そのときだった。

羅《ルオ》は、初めての空き巣にはツキがあるものだと繰り返し僕に言い聞かせていたが、怖いのは彼も同じだった。僕の夢のことを長いあいだ考え、襲撃の手順を練り直していた。

メガネ親子の出発の前日、九月三日の昼頃、崖の底から水牛の断末魔の叫びがあがり、はるか遠くまで響きわたった。小裁縫の家まで聞こえてきたほどだ。数分後、子供がやって来て、メガネの村の村長が、水牛をわざと峡谷に突き落としたと教えてくれた。

殺生は事故を装《よそお》って行なわれた。ひどく危険な曲がり角で牛が足を踏み外し、角《つの》から虚空《こくう》に突っこんでいったというのが殺《あや》めた者の証言だった。牛は、崖から岩が落ちるように、くぐもった音をたてて落下し、とがった巨大岩にぶつかって跳ね返ると、十メートルほど下で、また別の岩に激突した。

水牛は死にきれていなかった。その、いつ果てるともなく続く悲痛な鳴き声は、僕の心に深く刻みこまれていて忘れることができない。民家の庭先で聞く水牛の鳴き声は、頭に響く不快なものだったが、もの静かな午後の暑さのなか、連綿と広がる山中では、崖の壁面に跳ね返ってこだまとなり、堂々として高らかで、檻に閉じこめられた獅子の咆哮を思わせた。

三時頃、羅《ルオ》と僕は事件のあった現場に向かった。水牛の鳴き声はやんでいた。絶壁の端には人が集まっていて、僕たちはそれをかき分けて進んだ。話では、公社の主任が交付した殺生の許可証が届き、メガネと数人の村人はその法的な隠れ蓑《みの》をいいことに、村長を先頭に崖のふもとに降りていって、獣の喉に包丁を突き立てたとのことだった。

その、むしろ虐殺とも言うべきものは僕たちが着いたときには終了していた。処刑が行なわれた峡谷の底を一瞥《いちべつ》すると、動かなくなった水牛の巨体の前にメガネがしゃがみこみ、竹の葉でできた大きな帽子で、喉の傷口からしたたり落ちる血を集めていた。

やがて六人の村人が水牛の死骸を背負い、歌を歌いながら急な崖を登ってきた。だが、メガネと村長は下に残り、血でいっぱいになった竹の葉の帽子のそばに隣り合って座っていた。

「あそこで何をしているんですか？」見物人の一人に僕は尋ねた。

「血が固まるのを待っているのさ。臆病風に効くんだ。温かくて泡がたってるようなのをぐっと飲み干せば、勇気のある人間になれるんだよ」彼は答えた。

生まれつき好奇心旺盛な羅《ルオ》に誘われ、僕は一緒に山道を少し降りて、その場面をもっと近くから眺めることにした。ときどきメガネは群衆のほうを見あげていたが、僕たちがいるのに気づいたかどうかは分からなかった。やがて村長は、長くとがった刃のついた小刀を取り出し、刃先を指でゆっくり撫でると、固まった血をメガネと自分のために、二つの塊に分けた。

メガネの母親がそのときどこにいるかは分からなかったが、ここにいて、僕たちの隣で、息子が手のひらに血を受けとるのを見たらどう思っただろう。鼻先で堆肥を漁る豚のように、血の塊に顔を突っこんでいる姿を見たら！　メガネは意地汚くも、指を一本一本舐めて最後の一滴まで血をしゃぶった。僕たちは引き返したが、見ると彼は、口のなかでいつまでも薬の味をかみしめていた。

「小裁縫が一緒に来なくてよかったな」と羅《ルオ》。

日が暮れた。メガネの村の空き地では煙の柱が立ちのぼっていた。巨大な鍋が竈《かまど》の上に置かれていたが、並ならぬ大きさでひときわ目立ち、村の共同財産に違いなかった。

遠くから眺めると、それはのどかで心温まる情景だった。距離があったため、細切れにされて大きな鍋で煮えている水牛の肉は見えなかったが、辛味がきいてあつあつの、少々野蛮なにおいに唾《つば》が出てきた。炉の周りには、特に女たちと子供がたくさん集まっていた。持参したジャガイモを鍋に放りこんだり、薪《まき》や木の枝をくべて火を絶やさないようにしている。器の周りには徐々に、卵やトウモロコシの穂、果物などが山と積まれていった。その晩の花形はメガネの母親で決まりだった。婦人はなかなか美しかった。コールテンの上着の濃い緑は顔の艶を際だたせ、日焼けしてくすんだ村人たちの肌とひどく対照的だった。アラセイトウだと思うが、胸には一輪の花を挿している。まだ完成はしていなかったが、あの編み物を披露していて、村の女たちはそれを大声で誉め讃えていた。

夜風は絶えずうまそうなにおいを運び、それはますます強烈になっていった。殺された水牛は、とんでもなく年をくっていたに違いない。肉が堅く、煮えるのに老いた鷲の肉より時間がかかっていた。これには僕たち泥棒の忍耐力が試されたが、それは今や血の愛飲者に宗旨変えしたメガネにとっても同じことだった。蚤《のみ》のように興奮した彼は、二度も三度も鍋の蓋をもちあげては箸を突っこみ、湯気のたっている大きな肉の塊《かたまり》を取り出していた。そして、においをかぎ、眼鏡を近づけてじろじろと眺めると、がっかりして湯のなかに戻すのだった。

僕たちは、宴の会場の正面に立つ、二つの岩の陰に隠れていた。羅《ルオ》が耳元でささやいた。

「ほれ、お別れ会の目玉のお出ましだ」

彼が指さした先を目で追うと、男だか女だか定かでない五人の老婆がやって来るのが見えた。黒く長い着物が秋の風にはためいている。遠くからでも目立つその顔は、姉妹のようにそっくりで、木彫りの人形のような目鼻だちをしていた。すぐに、そのうちの四人が、小裁縫の家に来た魔女だということに気づいた。別れの宴に老婆たちが姿を現わしたのは、メガネの母親がお膳立てしたことのようだった。母親は老婆たちと短く言葉を交わした後、財布を取り出し、村人たちが物ほしげに目を輝かせている前で、その一人一人に紙幣を握らせた。

この日、弓と矢を持っているのは一人ではなく、五人が全員、得物を携《たずさ》えていた。マラリアにかかった病人の魂を見守るより、幸せ者を遠くに送り出すほうが、重々しく武装する必要があったのだろう。あるいは小裁縫が儀式に払ったお金が、メガネの母親が申し出た額に比べてずっと少なかったからか。この母親はかつて、一億の住人を抱えるこの省で名の通った詩人だったのだ。

水牛の肉が、歯のない口でもとろけるほどしっかり煮えるのを待つあいだ、五人の老婆の一人は、燃えさかる炎の光でメガネの左手の手相を見た。

魔女は目を閉じているかのようにまぶたをさげ、歯のない口の、萎《しな》びた薄い唇を動かしていた。僕たちはそこからさほど離れていないところにいたが、何を言っているのか聞きとれなかった。メガネ親子は発せられた言葉に一心に耳を傾けていたが、話が終わると、一同が決まりの悪い沈黙のなかで老婆を見、村人たちのあいだにざわめきが起こった。

「何か不吉なことを言い渡したみたいだな」と羅《ルオ》。

「宝が盗まれそうになってるのが見えたんだろう」

「いや、それよりも、あいつの道をふさごうとしている鬼が見えたんだ」

羅《ルオ》は正しかったようだ。五人の魔女はすぐさま立ちあがると、腕を大きく動かしながら天に向かって矢を掲げ、金切り声とともに交差させた。

続いて火の周りで、鬼遣《おにやらい》の踊りがはじまった。はじめは高齢のせいだろうか、頭をさげ、輪になってゆっくりと回っているだけだった。ときどき頭をもたげ、泥棒のようにこそこそと四方に目をやると、ふたたびさげる。老婆たちの口から、ごにょごにょと念仏のような単調な文句が漏れるたび、群衆はそれを復唱した。そして突然、二人の魔女が弓を地面に投げ捨てると、短いあいだ体を揺らした。痙攣《けいれん》することで、鬼の出現をまねているらしい。霊が憑依《ひょうい》して、小刻みに体を震わせる恐ろしい化け物になったかのようだ。ほかの三人は武者のごとく、矢が発する音を仰々しくまねながら、化け物に向けて大きく弓を射るしぐさをしていた。まるで三羽のカラスだ。踊りの拍子に乗って、黒く長い着物は煙のなかで広がり、落ちて地面を引きずると、もうもうと埃を巻きあげた。

やがて霊である二人のほうは、踊る足どりがどんどん重くなっていった。目に見えない矢を顔面にもろに受け、毒が回りだしたかのように。そして歩みはゆっくりになった。二人が崩れ落ちる劇的な場面の直前に、羅《ルオ》と僕はその場を立ち去った。

僕たちが出ていった後、宴がはじまったようだ。村を横切っているとき、魔女たちの踊りを囃《はや》していた合唱はやんでいた。

老いも若きも、刻んだ唐辛子と丁字《ちょうじ》で調理した水牛の煮こみを逃すわけがなかった。羅《ルオ》の予想どおり、村はもぬけの殻だった（この優れた語り手は知謀にも長けていたのだ）。前に見た夢が脳裏にさっと浮かんだ。

「僕には見張りをやらせてくれないか？」僕は尋ねた。

「だめだ」と羅《ルオ》。「これはお前の夢じゃない」

羅《ルオ》は、錆びた釘から作った万能鍵を唇で湿らせた。南京錠の穴にすっと通すと、左に一回転、右に一回転、もう一度左、そして一ミリだけ戻す……すると、カチッという金属の乾いた音が響き、銅の錠は外れた。

メガネの家に忍びこむと、すぐに玄関の扉を後ろ手に閉じた。暗くて物ははっきりと見えなかった。何が何やらほとんど見分けがつかない。ただ小屋には引っ越しのにおいが漂っていて、それが羨ましくてならなかった。

僕は、両の扉の隙間から素早く外を見た。今のところ人影はない。僕たちは扉を外に向けて無理に押し開けると、計画どおり羅《ルオ》はそのあいだから片手を外に出し、鎖をきちんと戻して南京錠で閉めた。これは用心のため、つまり目ざとい通行人が期せずして現われ、戸に錠がかかっていないことに気づく危険を避けるためだ。

僕たちは最後に窓から脱出するつもりでいたが、その確認を怠ってしまった。羅《ルオ》が、手に持っていた懐中電灯を点けると、文字どおり目がくらんだ。そして闇のなか、ほかの荷物の上に、僕たちのとびきりの獲物、しなやかな革でできた旅行鞄が現われた。まるで僕たちを待っていて、早く開けてもらいたがっているようだった。

「やったぜ!」僕は羅《ルオ》に言った。

数日前に計画を練っていたとき、この不法侵入が成功するか否かは、あるひとつのことにかかっているという結論に達していた。つまり旅行鞄の隠し場所の問題だ。どうやって鞄を見つけだすか。羅《ルオ》は、問題の解決につながりそうな事柄を片端から挙げていき、考えられる限りの策を吟味《ぎんみ》していった。そして幸いかな、ついにある計画を決め、その実行はお別れ会のとき以外には考えられないということになった。事実それは唯一無二の機会だった。母親の詩人がいかに狡賢くとも、その年齢からして整頓好きでないはずはなく、出発の朝になって旅行鞄を探すなど耐えがたいことに違いない。事前にすべての準備をすませ、荷はきれいに並べてあるはずだった。

僕たちは旅行鞄に近づいた。鞄は、粗い藁縄で十字にしばられていた。ひもを外して、そっと蓋を開ける。懐中電灯がなかにあった本の山を照らしだす。そこでは西洋の大作家たちが、両手を広げて僕たちを待っていた。最初に現われたのは旧知の友、バルザック。彼の小説は五、六冊あった。続いてヴィクトル・ユゴー、スタンダール、デュマ、フロベール、ボードレール、ロマン・ロラン、ルソー、トルストイ、ゴーゴリ、ドストエフスキー、そしてイギリスの作家たちも。ディケンズ、キプリング、エミリー・ブロンテ……。

目がくらみそうだった！　心は酔いしれて朦朧《もうろう》となり、気を失うかと思った。僕は本を一冊ずつ旅行鞄から取り出し、開いては作者の肖像を眺め、羅《ルオ》に渡していった。指先が本に触れると、青白く照らしだされた手が、人の命に接している感じがした。

「なんか映画の場面を思い出すなあ。盗賊が、札束でいっぱいの鞄を開けてさ……」

羅《ルオ》が言った。

「うれし涙がわき出るって感じかい？」

「いや、感じるのは憎しみだけだな」

「僕もだよ。こういう本を禁止したやつらが本当に憎いよ」

声に出した自分の言葉に僕は恐れをなした。部屋のどこかに聞き耳を立てている者が隠れているかのように。うっかり口にしてしまったそうした言葉のおかげで、数年の禁固刑を喰らうことだってあるのだ。

「行くぞ！」鞄を閉じながら羅《ルオ》が言った。

「待った！」

「どうした？」

「迷ってるんだ……もう一度よく考えてみないか。メガネが、旅行鞄を盗んだのが僕たちだと疑うのは間違いない。あいつに告発されたらおしまいだよ。とにかく僕たちの親は普通の親じゃないんだから」

「そのことはもう話しただろう。あの母親がそうさせないよ。でなきゃ、息子が禁書を持ってたってことが皆にばれちまうんだぜ！　そしたらやつは、ずっと鳳凰山に残ることになる」

数秒の沈黙の後、僕は鞄を開けた。

「何冊か取るだけだったら、気づかれない」

「いや、俺は全部読みたいんだ」羅《ルオ》は断固として言った。

彼はもう一度、鞄を閉めると、その上に片手を置き、キリスト教徒が誓いをたてるときのように宣言した。

「俺はこの本で小裁縫を変えるつもりだ。あの子はもう、ただの山の娘じゃなくなるんだ」

僕たちは音をたてず寝室に向かった。懐中電灯を構えた僕が前、旅行鞄を手にした羅《ルオ》がそれに続く。鞄はとても重そうで、部屋を横切るあいだ、羅《ルオ》の足にあたったり、メガネの寝台や、木の板で即席に作られた母親の小さな寝台にぶつかったりしていた。その寝台のおかげで部屋はよけいに狭くなっていたのだ。

驚いたことに、窓は釘で打ちつけてあった。押し開けようとしても軋む音がするばかり。それも、ほとんどため息のような小さな音で、びくりともしなかった。

だが、これで万事休すというわけではなかった。僕たちは静かに食事部屋に引き返し、先ほどと同じ手を使うことにした。つまり玄関の両開きの扉を開け、隙間から手を出して、銅の南京錠に万能鍵を差しこめばいいのだ。

そのとき急に、羅《ルオ》がささやいた。

「しっ!」

僕はどきっとして、すぐに懐中電灯を消した。外から早足で歩いてくる音が聞こえ、僕たちは茫然とその場に凍りついた。音がこちらに近づいてくるのが分かったときには、貴重な時間が過ぎていた。

同時に男女の声がかすかに聞こえてきた。それがメガネと母親であるかははっきりしない。最悪の事態に備え、僕たちは台所に退いた。途中、一瞬だけ懐中電灯を点け、羅《ルオ》はそのあいだに旅行鞄を荷物の上に置き直した。

そして、まさに恐れていたことが起こった。空き巣の真っ最中に、メガネ親子と鉢合わせになってしまったのだ。

「あれだよ、水牛の血がだめだったんだ。喉まで臭いげっぷがあがってきた」息子が言った。

「消化にいい薬を持ってきてよかったわ」母親が答える。

僕たちはすっかり我を失ってしまい、台所では隠れる場所を見つけることができなかった。真っ暗で何も見えなかったのだ。僕が羅《ルオ》にぶつかれば、羅《ルオ》は羅《ルオ》で、大きな米壺の蓋を開けていた。正気じゃなかった。

「これじゃ、小さすぎる」そうささやく。

鎖の音ががちゃがちゃと響き、扉が開いた、と同時に僕たちは寝室に駆けこみ、それぞれ寝台の下に潜りこんだ。

母と子は食事部屋に入り、石油ランプを点けた。

すべてが裏目に出ていた。羅《ルオ》よりも背が高くて体格もいい僕が、メガネの寝台ではなく、ずっと小さな母親の寝台の下に隠れ、身動きがとれなくなっていた。おまけに不快なにおいですぐに分かったが、そこには尿瓶が備えつけてあった。蝿の大群が僕の周りを飛んでいた。狭い場所で可能な限り体を伸ばそうとやみくもにやっていると、吐き気を催す瓶に頭があたり、ひっくり返しそうになった。水が少し波うつのが聞こえ、つんとむかつくにおいが強烈になる。本能的な嫌悪から僕の体は思い切り動いてしまい、耳に入ってもおかしくない、突飛な、危険をはらんだ音をたてた。

「母さん、何か聞こえなかった?」メガネの声が尋ねた。

「いいえ」

完全な沈黙となり、それは永遠に続くかと思えた。僕は、二人が芝居じみてじっと動かぬまま、どんな小さな音も聞き逃すまいと耳をそばだてている姿を思い描いた。

「あなたのお腹がぐうぐう鳴ってる音しか聞こえないわ」と母親。

「水牛の血なんだよ、あれがこなれないんだ。気持ち悪い。宴会に戻れるかなあ」

「それはだめ、行かなくちゃ！」有無を言わさぬ口調で母親は言い張った。「ほら、錠剤があったわ。二粒飲みなさい。胃の痛みが楽になるから」

メガネはそれに従い、水を飲むためだろう、台所に向かう音が聞こえた。石油ランプの光も一緒に遠のいていく。闇で羅《ルオ》を見ることはできなかったが、僕と同じく、台所に残っていなくて正解だったと思ったはずだ。

錠剤を飲みこんだメガネは食事部屋に戻った。母親が尋ねる。

「本の入った旅行鞄、梱包してなかったの？」

「したよ。夕方、僕が自分でやったよ」

「でも、見なさい！　そこにひもが落ちているじゃない」

しまった！　鞄は絶対に開けるべきではなかったのだ。寝台の下で丸まっていた背筋に震えが走る。後悔。暗がりのなかで共犯者の視線を探ったが無駄だった。

メガネの声は落ち着いていたが、それはおそらく、彼がひどく興奮していることの証だった。

「日が暮れたのを見計らって、家の裏から鞄を掘り出したんだ。部屋に戻るときに土と汚れをとって、本にカビが生えてないか、きちんと確かめた。それで、村の人たちとの食事に行くすぐ前に、太い藁ひもでくくっておいたんだ」

「どうしたのかしら？　宴会のあいだに誰かが家に入ったの？」

石油ランプを手に、メガネは寝室に駆けこんできた。近づいてくる明かりに照らされ、向かいの寝台の下で羅《ルオ》の目が光る。ありがたいことにメガネの足は、部屋の入口で止まった。戻っていきながら母親に言う。

「それは考えられない。窓は釘づけになったままだし、扉には南京錠がかかっていたんだよ」

「でも、鞄をちょっと見ておいたほうがいいと思うわ、本がなくなっていないかどうか。私、あなたの友だちだった二人が怖いわ。何度も手紙に書いたでしょ、ああいう子たちとかかわっちゃだめだって。狡賢さじゃ、あなたより一枚上手なのよ。なのに言うことを聞かないんだから」

旅行鞄を開ける音と、メガネが答える声が聞こえた。

「あいつらと友だちになったのは、父さんと母さんが歯のことで困ってないかと思ったからだよ。羅《ルオ》の父親が、いつか役にたつかもしれないじゃないか」

「それ本当？」

「本当だよ、母さん」

「なんていい子なの」母親の声は感傷的になっていた。「こんな辛い目に遭っていたのに、私たちの歯のことを考えてくれてたなんて」

「母さん、確かめたよ。本は一冊もなくなってない」

「よかったわ。心配して損したわね。さあ、行くわよ」

「待って、水牛のしっぽを貸して。旅行鞄のなかに入れるから」

数分後、鞄をくっているメガネが大声を出した。

「くそっ！」

「ねえ、母さんは下品な言葉、嫌いよ」

「下痢だ！」メガネは苦しそうな声で告げた。

「瓶でしなさい、寝室にあるわ！」

メガネが外に向かって走っていくのが聞こえ、僕は心底胸をなでおろした。

「どこに行くの？」母親が声を張りあげた。

「トウモロコシ畑」

「紙を持った？」

「ない」と答える息子の声が遠ざかっていく。

「今、持っていくわ！」母親が叫ぶ。

将来の詩人が、野原で腹のものをぶちまける癖があったのは幸いだった！　メガネが寝室に駆けこんできたりしたら修羅場も修羅場、とんでもない屈辱を味わうことになったろう。もしやつが、寝台の下の尿瓶を大急ぎで引っぱりだしてまたがり、大滝のような轟音を響かせて、僕たちの鼻先で水牛の血を排出した日には。

母親が走って出ていくや、闇のなかで羅《ルオ》がささやいた。

「急げ！　逃げるぞ！」

食事部屋を通ったとき、羅《ルオ》は本の入った旅行鞄をつかんだ。狂ったように山道を一時間走った後、僕たちはやっと休憩することにし、羅《ルオ》は鞄を開けた。本の山の上には、水牛のしっぽが転がっていた。黒くて、先に毛がついていて、血の痕で汚れていた。

それは長さが尋常ではなかった。おそらくはメガネの眼鏡を壊した、あの水牛のしっぽだった。

第三章

あれから何年も過ぎたが、今なお並々ならぬ正確さで記憶に刻みこまれている、再教育中の光景がある。それは、赤いくちばしのカラスの冷ややかな視線のもと、籠を背に、手をついて崖道を進んでいく羅《ルオ》の姿だ。その道は幅が三十センチほどで、両側は断崖絶壁になっている。小汚い竹製の籠は、ありふれたものだが頑丈で、なかにはバルザックの本が一冊忍ばせてあった。中国語の題は『高老頭』、すなわち『ゴリオ爺さん』だ。羅《ルオ》は小裁縫のもとに行き、その物語を読んで聞かせていた。彼女はまだ山の娘で、美しいが学はなかった。

空き巣の成功から九月のあいだはずっと、外の世界、とりわけ女性、恋愛、性といったものの神秘が僕たちを誘い、心をとらえ、虜《とりこ》にした。日を追うごとに、頁を繰るたび、一冊読みおえるたびに、西欧の作家はそうしたことについて僕たちの蒙《もう》を啓《ひら》いていった。メガネはあえて告発をせずに出発し、さらに運がいいことに、僕たちの村の村長は県の党会議に出席するため、栄経に出かけていた。この政治権力の不在と、村を一時的に席巻《せっけん》したささやかな混乱に乗じて、僕たちは畑仕事に出ることを拒んだ。しかし、それは村人たち、つまり今は僕たちの心の番人に転向した、かつての阿片の栽培人たちにとっては、どうでもよいことだった。こうして僕はかつてないほど厳重に戸じまりをすると、日がな一日西欧の小説とともに過ごした。そして羅《ルオ》が唯一夢中になっていたバルザックには手をつけず、十九歳なりの軽さと誠実さで、フロベール、ゴーゴリ、メルヴィル、あるいはロマン・ロランと代わる代わる恋に落ちた。

そのロマン・ロランについて話そう。メガネの旅行鞄のなかにこの作家の本は一冊しかなく、それは『ジャン・クリストフ』全四巻のうちの、最初の一巻だった。はじめは他愛のない、遊びのつきあいだった。頁をめくる気になったのは、音楽家の人生について書かれていたためで、僕自身、ヴァイオリンで《モーツアルトが毛《マオ》主席を偲んで》といった曲を弾くことができたからだ（ジャン・クリストフはベートーヴェンがモデルとされる音楽家。彼はヴァイオリン弾きでもあった）。あるいは翻訳を手がけたのが、バルザックの本と同じ傅雷《フーレイ》だったせいでもある。だが、ひとたび開いてみると、僕はこの本を手放すことができなくなってしまった。普段、僕が好きなのは短篇集だった。話の筋が巧みで、ときにおかしな、きらりと光る考えが盛りこまれ、思わず息を飲んだりする。そうした物語は一生のお供になる。これが長篇小説となると、いくつかの例外はあれ、あまり信をおいていないほうだった。しかし『ジャン・クリストフ』は、卑小さのかけらすらないその断固たる個人主義でもって、僕に心の糧《かて》となるような啓示をもたらした。この本がなかったら僕は、個人主義というものの輝きも偉大さもついぞ理解できなかっただろう。一人の人間が世界を相手に戦いを挑む、そんなことは、いい意味で期待を裏切られたこの出会いまで、教育と再教育を受けた僕のお寒い頭からすっかり抜け落ちていたことだったのだ。遊びのつきあいは大恋愛へと変わった。作者の誇張は行きすぎることもあるが、それで作品の美しさが損なわれることはなかった。数百頁の大河、その力強い流れに僕は文字どおり飲みこまれた。それはまさに理想の本だった。読みおえたときには、どんなすてきな人生も、どんなすてきな世界も前とは同じではなくなる、そんな本だ。

『ジャン・クリストフ』に寄せる僕の崇拝は確たるもので、生まれて初めて、それを自分だけのものにしたいと思った。羅《ルオ》と僕の共有財産ではもうすまなかった。そこで表紙の裏の白い頁に、この本は、僕の来るべき二十歳の誕生日の贈り物であると献辞を書き、羅《ルオ》に署名を求めた。彼は身にあまる光栄だと言った。めったにあることではなく、歴史的ですらあると。羅《ルオ》は自分の名前を、のびのびと惜しみない、勢いのある線で一筆書きした。三つの字をつなげてきれいなアーチにし、それで頁の半分を埋めた。羅《ルオ》のために僕からは、バルザックの三冊の小説、『ゴリオ爺さん』、『ウジェニー・グランデ』、『ユルシュール・ミルエ』に献辞を書き、数カ月後の新年の贈り物にした。献辞の下には三つの絵を描いたが、それは僕の名前の漢字三つを表わしていた。最初に描いたのは、たてがみを風になびかせ、いななきとともに疾走している馬。二つ目は長くとがった剣で、骨でできた柄には精巧な細工がなされ、ダイヤモンドが埋めこまれている。三つ目は家畜がつける小さな鈴で、周りには放射線を何本も書き加えた。助けを呼ぶために鈴が揺らされ、音が鳴っているというように。僕はこの署名に満足し、神聖なものにするため、血を何滴か上から垂らしてみたくなるほどだった。

その月の中頃、山で激しい嵐が一晩中吹き荒れたことがあった。どしゃぶりの雨だった。にもかかわらず翌日、美しく学のある女の子を創るという野心にひたむきな羅《ルオ》は、『ゴリオ爺さん』を竹の籠に入れると、夜明けの光とともに出かけていった。小裁縫の村に向け、朝靄に包まれた山道に消えていくその姿は、馬を持たない孤独な騎士のようだった。

羅《ルオ》は、政治当局が課していた御法度《ごはっと》に触れないよう、晩になると引き返し、高床式の家におとなしく戻ってきた。その夜の話では、行きと帰りに、とても狭くて危険な道を通ってきたという。嵐の猛威で大規模な地崩れが起き、それでできた崖道のようだ。彼はこう打ち明けた。

「小裁縫やお前だったら、あそこを走ってみせるだろうな。でも俺は、手をついて進んでいっても、爪先から頭のてっぺんまで震えあがっちまった」

「すごく長いのか？」

「四十メートルはあるかな」

僕にとってそれは、つねながらの謎だった。何をやらせてもそつのない羅《ルオ》は唯一、高いところが苦手なのだ。この知識人は生まれてこのかた木登りなどしたことがなかった。あの頃からさらに五、六年前の、遠い午後のことを今も思い出す。給水塔の、錆びついた鉄の梯子を登ったときのことだ。羅《ルオ》はしょっぱなから錆で手のひらを傷つけ、血をにじませていた。十五メートルの高さまで来ると、「梯子の板が、足をかけるたびに落ちそうな気がする」と言った。ひっかいた手が痛み、恐怖をいや増している。結局、羅《ルオ》は降参し、僕は一人で登っていった。塔のてっぺんから彼を冷やかして唾を飛ばすと、たちまち風に消えた。年を経ても羅《ルオ》の高所恐怖症は相変わらずだった。

彼の言うとおり、山では小裁縫も僕も当たり前のように崖を走った。だが、渡りきると、羅《ルオ》をしばらく待たなければならないことが多かった。彼は立って進もうとはせず、いつも手をついて登ってくるのだった。

ある日、僕は気分を変えようと、羅《ルオ》の美人参りにつきあって、小裁縫の村へ行くことにした。

羅《ルオ》が話していた危険な崖道では、朝風も山を吹きぬける大風に変わっていた。この道を行くことで、羅《ルオ》がどれほど無理をしていたかは一目瞭然だった。僕でさえ、足をのせると怖くて震えが走った。

左足の長靴の下で石がひとつ崩れて落ち、ほとんど同時に、右足が土の塊をぼろぼろと落とした。土塊は虚空に消えていき、落下音が聞こえてきたのはしばらく経ってから。遠いこだまが右の絶壁で、続いて左で響きわたった。

左右に深い谷を見おろす、幅およそ三十センチの崖道。立ってみたが、下を見たのは失敗だった。削りとられて岩肌を露出した右の壁面は、めまいがしそうなほど高く切りたち、木々の葉はもはや濃い緑ではなく、ぼんやりと靄がかって白っぽい灰色をしていた。左の谷は、土が荒々しく見事なまでに崩れていて、五十メートルはある垂直の斜面になっていた。目を凝らしていると、急に耳鳴りがしだした。

この危険きわまりない道が、三十メートルほどの長さしかないのは幸いだった。向こうの端の岩には、くちばしが赤く、頭を体にぐっと引っこめたカラスがとまっていた。

「籠を持ってやろうか？」僕は崖道の出発点に立ったまま、余裕をかまして羅《ルオ》に言った。

「ああ、取ってくれ」

籠を背負うなり、横殴りの突風が吹きつけ、耳鳴りがひどくなった。頭を振るとめまいがしたが、たいしたことはなく、心地よいくらいだった。僕は二、三歩進んだ。振り向くと羅《ルオ》はまだ同じ場所にいて、その姿は風下に立つ木のように、かすかに揺れていた。

前をまっすぐ見ながら、僕は綱渡り師のように一メートル、また一メートルと進んでいった。だが、途中、カラスのいる正面の山の岩が、地震が起きたかのように、右に左にと激しく傾きはじめた。僕は本能的に、ぱっとしゃがみこんだ。両手を地につけると、やっとめまいがやむ。背中や胸、額からは汗がだらだらと流れてきた。片手でこめかみを拭ったときの汗、その冷たかったこと！

振り返って羅《ルオ》を見ると何か叫んでいるが、僕の耳はふさがれたも同然で、その声は耳鳴りの延長でしかなかった。下を見ないようにしながら目をあげると、まぶしい陽光のなか、ゆっくりと羽ばたきながら空を旋回する、カラスの黒い姿が見えた。

「どうしちまったんだ」僕は心のなかでつぶやいた。

同時に、崖道のまんなかで身動きがとれなくなりながら、もしここで回れ右をしたら、あのジャン・クリストフは何と言うだろうかと自問してみた。ジャン・クリストフは指揮棒を手に、厳然と僕にとるべき道を示そうとしていた。彼だったら死を前にして後退しても、それを恥じなかったであろう。なんといっても僕は、愛や性、彼が挑んだような世界全体を相手にした個人の戦いを知らずして死ぬわけにはいかない！

生きたいという欲求が心を占めていった。僕は膝をついたまま体を反転させ、崖道の出発点に一歩一歩戻った。両手で地面にしがみついていなければ、平衡を失い、絶壁の底でぺしゃんこになっていただろう。そしてふと羅《ルオ》のことを思った。彼もこんなふうに気が遠くなることがあったはずだし、それでも向こう側にたどり着いたのだ。

羅《ルオ》のほうに近づくにつれて、その声がはっきりとしてきた。顔はとんでもなく青ざめていて、僕以上に怖がっているようだ。地面に尻をついて手足を使って進め、と怒鳴っている。僕はその忠告に従い、実際、その姿勢であれば、みっともなくはあったが、まったく危なげなく彼のもとに戻ることができた。崖道の端に着くと立ちあがり、籠を返した。

「これを毎日やってたのか？」僕は尋ねた。

「いいや、はじめの頃だけだ」

「あいつは、いつもあそこに？」

「あいつ？」

「あれだよ」

僕は、赤いくちばしのカラスを指さした。カラスは崖道のまんなかの、僕が先ほど立ち往生したところに降りたっていた。

「ああ、毎朝いるんだ。俺と約束でもしてるみたいにな。だけど晩に帰るときには一度も見たことがない」と羅《ルオ》。

僕がこの曲芸でまた道化になるのを拒んでいると、羅《ルオ》は籠を背にし、そのまま身をかがめて両手を地につけた。そして代わる代わる腕をしっかりと前に出すと、足がそれに小気味よく続いていく。一歩進むごとに、足はほとんど手に触れていた。数メートル行くと止まり、卑猥な挨拶のように、こちらに向かって尻を振る。両手両足を使って木の枝を登っていく猿のしぐさそのままだ。赤いくちばしのカラスは飛びたち、大きな翼でゆっくりと羽ばたきながら、空に螺旋《らせん》を描いていた。

僕はこの崖道を〝試練の場〟と命名し、羅《ルオ》が渡りきるのを感心しながら見守った。やがて彼は岩山の向こうに姿を消した。ふいに一抹《いちまつ》の不安を感じながら、バルザックと小裁縫の物語は羅《ルオ》をどこに連れていくのか、どんな結末を迎えるのかと思いをめぐらせてみた。大きな黒い鳥が行ってしまうと、山の静けさは僕の不穏な気持ちをさらにかきたてた。

明くる日の晩、僕ははっと目を覚ました。いつもの心安らぐ現実に戻るのにしばらく時間がかかった。闇のなか、向かいの寝台からは、羅《ルオ》の規則正しい寝息が聞こえてくる。僕は手探りでタバコを見つけ、火をつけた。下の豚小屋では雌豚が鼻で壁をつつく音がし、それで徐々に落ち着きを取り戻した。するとコマを落とした映画の場面のように、僕を恐怖に陥れた夢がまざまざとよみがえってきた。

遠くのほうで、羅《ルオ》が女の子と一緒に、両側が絶壁で、めまいがしそうな狭い道を歩いていた。前を行く女の子は最初、僕たちの親が働いていた病院の守衛の娘だった。同級の、目立たない普通の子で、僕はもう何年もその存在を忘れていた。だが、その子がどうして突如として山に現われ、羅《ルオ》と一緒にいるのかを考えているうちに、彼女は小裁縫に変身した。生き生きとして楽しげで、体の線がはっきりとわかる白いTシャツに、黒いズボンをはいている。小裁縫は、崖道を歩くのではなく勢いよく駆け、一方、羅《ルオ》のほうは手をついて、後ろからゆっくりと進んできた。二人は籠を背負っていなかった。小裁縫の太く編んだ長い髪は解かれ、走っているあいだに自然に肩に落ち、風になびいて、まるで翼のようだった。あたりを探したが赤いくちばしのカラスは見あたらず、二人に視線を戻すと、小裁縫がいなくなっていた。まんなかに一人残された羅《ルオ》は、崖道に尻をついた姿勢ではなく、膝をついて、右側の谷を一心にのぞいていた。絶壁の底のほうに体を向けたまま、僕に何か叫んだようだが声は聞こえない。崖道を走る勇気などあるはずがないのに、僕は羅《ルオ》のもとに駆けていった。近づくと、小裁縫が谷に落ちてしまったことが分かった。僕たちは、本来なら到達できるはずのない谷底に向かい、岩壁を垂直に滑り降りた……。死体は岩に寄りかかるようにしてあった。頭はぐちゃぐちゃで、腹のなかにすっぽりと埋まっている。後頭部は二カ所で深く裂け、血が固まってかさぶたになっていた。片方の傷は、きれいな額まで伸びている。ぽかんと開いた口はめくれあがり、ピンク色の歯茎と隙間のない歯並びを見せていた。悲鳴をあげようとしているようだが声はなく、ただ血のにおいを漂わせるばかり。羅《ルオ》が腕に抱くと、口、左の鼻、そして片耳から同時に血が流れだし、彼の腕に伝わって、地面にぽつぽつと落ちた。

僕はこの悪夢を羅《ルオ》に話して聞かせたが、彼はまるで動じなかった。

「忘れちまえ。俺だってそうさ、そんな感じの夢を見ることは結構ある」

上着と籠を探している羅《ルオ》に、僕は尋ねた。

「あの崖道を通らないよう、小裁縫に言ってもらえないか？」

「ばか言え！ あの子だってときどき、こっちの家に来たいんだ」

「ほんのちょっとのあいだだけでいいんだ。あのやばい崖道がちゃんとするまで」

「ああ、言っておくよ」

羅《ルオ》は急いでいるようだった。あのぞっとする、赤いくちばしのカラスとの待ち合わせにさえ、僕は嫉妬しかけた。

「僕の夢をあの子に話すなよ」

「分かってるって」

❈

羅《ルオ》が毎日せっせと行なっていた美人参りは、村長が村に戻ってきたことで、いったん終止符が打たれることになった。

村長にとって、党の会議と町での一カ月の暮らしは愉快なものではなかったようだ。喪に服しているかのような面もちで、頬は腫れあがり、県立病院の革命医に対する怒りで顔が歪んでいた。「まぬけの赤脚医生（「裸足の医者」の意。文革期に、医学を学んでいないにもかかわらず診察を行なった者たち）が、悪い歯をそのままにして、隣にあったいいほうの歯を抜きやがった。あの大ばか野郎が」健康な歯を抜かれたために出血し、話すことも、言語道断な不祥事について怒鳴り散らすこともできず、それが怒りに輪をかけていた。ぼそぼそとしゃべるのがやっとで、言葉はほとんど聞きとれない。彼の災難に耳を傾けた者は誰もが、治療の残骸を見せられた。抜かれた歯は黒く、細長くとがり、黄色い根がついている。村長はその歯を、栄経の市で買った絹のように柔らかい赤い繻子《しゅす》で包み、後生大事にしていた。少しでも言うことを聞かないと怒りだす始末なので、羅《ルオ》と僕は毎朝、トウモロコシ畑か水田に出て作業をしなければならなかった。あの小さな、魔法の目覚まし時計に小細工をするのもやめた。

　ある日の夕刻、食事部屋で晩飯の支度をしていると、歯の痛みを抱えた村長が家にひょっこりと現われた。彼は、歯を包んでいたのと同じ、赤くて四角い繻子の布から小さな金属の破片を取り出した。

「こいつは行商人から買った本物の錫《すず》じゃ。十五分も火にかけていれば溶けだす」と村長。

羅《ルオ》も僕も返す言葉がなかった。下手なお笑い映画に出てくるような、耳まで腫れあがった顔を前に笑いがこみあげてくる。

「羅《ルオ》よ」村長の口調はかつてないほど真摯なものだった。「お前は、おやじさんがやるのを何度も見たことがあるはずだ。錫が溶けたら、それをちっとばかし腐った歯に詰めて、なかにいる虫を殺せばいいそうだな。お前さんのほうが、わしより詳しいはずだ。お前は有名な歯医者のせがれだ、それを見込んで、歯を治してもらいたいんじゃ」

「歯に錫を入れるのですか？　ご冗談でしょう」

「いいや。痛みがひいたら、一ヵ月の休みをやる」

羅《ルオ》はその誘惑を退け、注意を促した。

「錫ではうまくいかないでしょう。それに父は、最新の道具を持ってました。はじめに電動ドリルで歯に穴を開けるのですよ。なかに何かを詰めるのはその後です」と羅《ルオ》。

村長は困り果て、ぶつくさ言いながら出ていった。

「そうじゃった。県立病院でもそれをやっておった。いい歯を抜いたあのばかも、モーターの音がして、くるくる回る針を持っていた」

数日後、村長の苦しみは、小裁縫の父親、仕立屋がやって来たことで紛れることになった。持ってきたミシンはぴかぴかに光り、担ぎ人夫のむき出しの上半身に朝日を照り返していた。

仕立屋の訪問は毎年恒例の行事だったが、僕たちの村との約束はその年、すでに二度、三度と延期されていた。予定がたて込み、ひどく忙しいふりをしていたのか、あるいは単に、きちんと日程を調整できなかったのかは分からない。ただ村人たちにとって、あと数週間で新年を迎えようというときに、小柄で痩せた男の姿とそのミシンを拝むことができるのは、なんとも喜ばしいことだった。

仕立屋はいつものように、娘を連れずに村を巡回していた。数ヵ月前、狭くて滑りやすい山道で出会ったときは、雨と泥のために駕籠《かご》に座っていたが、この日は太陽が出ていたので、老人は徒歩でやって来た。年こそとっていたが、あふれる生気に陰りはない。色あせた緑の帽子は、千丈崖に粉ひきの老人を訪ねたときに僕が借りたものだろう。ゆったりとした青い上着は胸を大きくはだけ、下にリネンでできた、肌色のシャツをのぞかせていた。木綿の紐ボタンは古式なもので、腰では黒い本革のベルトが光っていた。

村は総出で仕立屋を出迎えた。子供たちはそのすぐ後を走ってはしゃぎ、女たちは笑みを浮かべながら、何ヵ月も前から用意していた布を取り出す。爆竹がはじけ、豚は鳴き、まさにお祭のような雰囲気だった。どの家も、自分たちを最初の客に選んでもらおうと仕立屋を招待した。しかし皆がたいそう驚いたことに、老人はこう告げた。

「娘の友人のところに泊まることにしよう」

僕たちの家を選んだことの真の理由は何なのだろう。仕立屋の老人は、婿《むこ》になるかもしれぬ者と直に会うことを望んだのだろうか、僕たちはそう読んだ。だが、老人の動機がなんであれ、彼がやって来たことで高床式の家は婦人服の工房へと早変わりし、僕たちにとっては女心の奥深く、それまで未知の世界だった、その多様な本質について手ほどきを受ける機会となった。美しきも醜きも、金持ちも貧乏人も、あらゆる年代の女性が、布、レース、リボン、ボタン、縫い糸、または憧れの服のアイデアをめぐって競いあい、家は、秩序なんてものを忘れたお祭騒ぎの様相を呈していた。試着のときの喧噪といらだち、女たちの心のうちで爆発している肉欲とさえ言いうるものに、羅《ルオ》も僕も息が詰まりそうになった。政治体制がなんであれ、経済が立ちゆかなくとも、きれいに着飾りたいという欲求を女性たちから奪うことはできまい。それはこの世のはじめからある欲求、子を持ちたいというのと同じくらい古い欲求なのだ。それは村人たちは夕方になると、卵や肉、野菜や果物を仕立屋の老人に差し入れ、それは食事部屋の隅で、祭壇の前に置かれる供物《くもつ》のように山積みになっていった。大勢の女性に混じって男たちも、一人か仲間数人でやって来た。内気な者は裸足で土間の火の周りに座り、うつむいたまま、娘たちのほうを遠慮がちに見るのが精一杯。小さな鎌の鋭い刃で、石のように硬い足の指の爪を切っている。経験豊かでやり手の者は、あたり構わず冗談を飛ばし、大なり小なり卑猥なほのめかしを女たちに投げかけていた。くたびれた、気の短い仕立屋の老人がその威光を発揮して、彼らはやっと外に出ていくのだった。

三人の夕食はむしろ静かで礼儀正しく、あっさりと終わり、山道での最初の出会いが笑いの種になった。それから僕は、寝る前にヴァイオリンを少し弾きましょうと客人に申し出た。だが、まぶたが半ば閉じていた仕立屋はそれを断わった。

「それより物語を話してくれ」後をひく、長いあくびをしながら、老人は僕たちに注文した。「娘が言っていたよ、君たちは二人とも、それは見事な語り部だとね。そのためにわしは、ここに泊まりに来たんだ」

羅《ルオ》は、この挑戦は僕が受けるようにと言いだした。山の仕立屋が浮かべていた疲労の色から不興を買う危険を察したか、将来の義父の前で出しゃばらないようにするためだろう。

「やってくれ。俺がまだ知らないのを話してくれよ」と羅《ルオ》の励まし。

僕はややとまどいながらも、夜の語りを引き受けた。しかしはじめる前に念のため、聞き手たちに湯で足を洗い、寝台に横になるよう頼んだ。話の途中で座ったまま眠ることのないようにだ。客人には清潔で厚い毛布を二枚出し、羅《ルオ》の寝台でくつろいでもらった。僕たち二人は、僕の寝台で身を寄せ合った。準備がすべて整い、仕立屋のあくびが大きく、ますますくたびれたものになると、僕は節約のために石油ランプを消し、枕に頭を置いて目を閉じた。あとは物語の最初の一節が発せられるのを待つばかりだった。

もしもメガネの秘密の旅行鞄を、あの禁断の果実の味を知らなかったら、僕は間違いなく、中国か北朝鮮、あるいはアルバニア映画の物語を語っていただろう。だが、かつて僕の教養を担っていた、そうした過激なプロレタリア・リアリズム映画は、人間の欲望や真の苦悩、とりわけ人の生涯というものとはあまりにかけ離れたものに映り、こんな遅い時間にわざわざ話して聞かせる価値などないと思えた。そのとき、読みおえたばかりの小説が頭に浮かんだ。羅《ルオ》が夢中なのはバルザックだけなので、その本のことはまだ知らないはずだった。

体を起こして寝台の縁に座ると、僕は最初の一文を口にしようとした。出だしがいちばん難しく、神経を使う。さりげなくはじめたかったのだ。

「ときに一八一五年、ところはマルセイユ」

墨を流したような暗がりのなか、僕の声が部屋に響いた。

「マルセイユというのはどこだ？」仕立屋が眠たげな声で口を挟んだ。

「地球の反対側です。フランスにある大きな港です」

「どうしてそんな遠くまで行かなくてはならんのかね」

「フランス人の船乗りの物語をお聞かせしたかったのですよ。でも、つまらないようでしたら、すぐにお休みになってください。ではまた明日！」

闇のなか、羅《ルオ》が僕に身を寄せてきて、そっとささやいた。

「いいぞ！」

一分か二分の後、ふたたび仕立屋の声がした。

「その船乗りの名は？」

「最初はエドモン・ダンテスといいますが、後にモンテ・クリスト伯になります」

「クリスト？」

「救世主とか救いの主という意味で、イエスのもうひとつの名です」

僕はこうしてアレクサンドル・デュマの物語をはじめた。ありがたいことに羅《ルオ》がときおり僕をさえぎって、小さな声で知的な解説を簡単に加えてくれた。羅《ルオ》はぐんぐん物語に引きこまれていき、そのおかげで僕は集中力を切らすことなく、また、仕立屋がかきたてた不安を振り払うことができた。老人はフランス語の名や遠い土地の数々、そして日中のきつい仕事で参ってしまったのか、物語の出だしが過ぎると一言もしゃべらなくなった。深い眠りに没しているようだった。

デュマの名人技がじわじわと効きはじめ、客人がいることはすっかり忘れ去られた。僕は語りに語ってなおも語った……。言葉は的《まと》を射るようになり、より具体的に、より密度が濃くなっていった。最初の一文の簡素な調子を保つためには少々骨を折った。たやすいことではない。それはまた、うれしい驚きでもあった。語ることで、物語の仕組みや復讐という主題の配置、小説家が張りめぐらせた伏線が手に取るように分かったのだ。作家は後からその仕掛けを、しっかりと巧みに、しばしば大胆な手で操っては楽しんでいる。それは、ひっこ抜かれて横倒しにされ、高貴な幹や豊かな枝葉、そして太い根をさらした巨木を眺めるようなものだった。

どのくらい時間が経っただろう。一時間、二時間、もっとだろうか。だが、主人公の船乗りが、苦汁の二十年間を過ごす監獄に入れられた頃、僕は疲れを感じはじめた。力尽きたわけではないが、それでも話をやめることにした。

「今じゃ、お前のほうが俺より上だな。作家みたいだぜ」羅《ルオ》がささやいた。語りの天才にほめられたことで気分がよくなり、僕はあっという間に眠りに落ちていった。そのとき突然、仕立屋の老人が闇のなかでつぶやくのが聞こえた。

「なぜやめる？」

「なんですって！　まだ眠っていなかったのですか？」僕は大声をあげた。

「全然。聞いていたよ。その話は面白い」

「僕はもう眠いのですが」

「もう少しだけ話を続けてくれないか」老人は食いさがった。

「ほんの少しだけなら。どこでやめたか覚えていますか？」と僕。

「男が牢屋に入れられたところだ、海に囲まれた城のな……」

高齢のわりに仕立屋が正確に覚えていたことに驚きつつ、僕はフランスの船乗りの物語を続けた……。しかし三十分ごとに、それもたいてい話のちょうどいいところで一息いれた。疲れからではなく、語り部なるものを少々気取ってみたかったのだ。エドモンと同じく荒《すさ》んだ独房に閉じこめられた司祭が、モンテ・クリスト島に莫大な財宝が隠されているという秘密を明かして脱獄の手助けをした頃、壁の隙間から夜明けの光が寝室に射しこみ、ヒバリやキジバト、ズアオアトリの朝のさえずりがそれに伴奏をつけた。

この徹夜で三人とも疲れきってしまった。仕立屋は村に少額の金を払い、僕たちが家に残ることを村長に承諾させた。

「よく休め。そして今夜また、わしがフランスの船乗りと会えるよう備えておいてくれ」目をしばたきながら老人は言った。

その物語は間違いなく、僕が生涯で語ったなかでもっとも長い話だった。まるまる九晩も続いたのだ。仕立屋の老人は一夜明けると日中はずっと仕事をしていたが、それだけの体力がいったいどこにあるのか不思議でならなかった。結果、フランスの小説家の影響で、村人たちが新調した服には、特に海にちなむ意外な装飾が、さりげなく、自然に顕《あらわ》れはじめた。山の女性たちが、水夫が着るような撫で肩の服に身を包み、その、後ろが四角で前がとがった大きな襟が風にはためくのを見たら、真っ先に驚くのはデュマ本人だったろう。女たちは地中海の空気を感じとっていた。若い娘たちは、デュマが本に書き、その弟子たる仕立屋の老人が製作した、コート・ダジュールの香が漂ってきそうな水夫の青いズボンや、ゆったりとした大きなポケットにすっかり夢中だった。仕立屋に頼まれて、僕たちは五つの鉤《かぎ》のついた碇《いかり》を描いたが、それはその年、鳳凰山の女性のあいだで流行し、いちばん人気のある柄になった。小さなボタンの表面に、金の糸で碇をきれいに刺繡してもらった者もいた。ただ、デュマが細かく描写したもののなかでも、シャツの裾に刺繡されたユリやコルセット、またメルセデス（エドモン・ダンテスの恋人）のドレスなどは、小裁縫だけのもので、大事な秘密だった。

三日目の晩の明け方、ある事件が起こり、すべてがおしまいになりかけた。朝の五時頃だった。話は物語の核心部分、僕に言わせれば、この小説でもっともよくできている箇所にさしかかっていた。パリに戻ったモンテ・クリスト伯は巧みな計算を弄《ろう》し、積年の仇敵にして復讐すべき三人にまんまと近づいていく。彼は、抜け目のない策略と悪魔のような権謀術数で、一歩一歩駒を進める。やがて長いことそのときを待っていた罠はついにその顎門《あぎと》を閉じ、検事は破滅に追いこまれる。そして伯爵はその娘と恋に落ちようとしていた。と、ちょうどそのとき、部屋の扉が突然、大きく軋みながら開くと、敷居に黒い男の影が現われた。人影は、懐中電灯の明かりでフランスの伯爵を追い払うと、僕たちを現実に引き戻した。

それは村長だった。帽子をかぶっている。懐中電灯の光が落とした黒い影のせいで、耳まで腫れあがったその顔は歪み、おそろしく醜怪なものになっていた。僕たちはデュマの物語に没頭するあまり、足音が耳に入らなかったのだ。

「おお！　これはどうした風の吹きまわしですかな」仕立屋が大声を出した。「今年はお会いできないのではないかと思っていたのですよ。聞きましたところ、やぶ医者にあたったおかげで、たいそう、お苦しみになっているとか」

村長は、仕立屋がそこにいないかのように無視を決めた。そして懐中電灯の光を僕に向けた。

「どうしたのですか？」僕は尋ねた。

「ついて来い。公社の公安局で話がある」

歯の痛みのため、雷が落ちてくることはなかったが、ほとんど聞きとれないつぶやき声に、僕は心底震えあがった。公安局の名はたいてい、肉体的な拷問と人民の敵の地獄を意味していたからだ。

「どうしてですか？」震える手で石油ランプを点けながら僕は尋ねた。

「きさまが下劣で反革命的な話をしているからだ。この村にとって幸いなことに、わしは眠らん。わしは監視をやめん。本当のことを言おう。実は真夜中からここにいたんだ。ナントカ伯の反革命的な話はすべて聞かせてもらったよ」

「落ち着いてください、村長」羅《ルオ》が口を挟んだ。「その伯爵は中国人ですらないのですよ」

「そんなことはどうでもよい。いつの日か、われらが革命は全世界で勝利をおさめるのじゃ！　それに、どこの国のやつでも伯爵なんてものは反革命分子に決まっておる」

「待ってください、村長」羅《ルオ》が話をさえぎった。「物話の出だしをご存じないじゃないですか。この男は貴族のふりをする前、貧乏な船乗りだったんですよ。船乗りは赤い小冊子で、もっとも革命的と分類されている階級じゃないですか」

「くだらん繰り言で時間をとらせるな。その男が善人なら、検事を罠にはめるものか！」

村長はそう言うと地面に唾を吐いた。僕が動かなければ力ずくでも、ということだった。

僕は立ちあがった。罠にはまって観念し、長い監獄生活に備える者のように、ごわごわした布でできた上着をひっかけ、頑丈なズボンをはいた。シャツのポケットを逆さにすると、小銭が少し出てきた。公安の拷問人の手に落ちないよう、羅《ルオ》に差しだす。

羅《ルオ》は硬貨を寝台の上に投げた。

「俺も一緒に行く」

「だめだ、残ってくれ。どうなるか分からないが、後を頼む」

この言葉を口にしながら僕は、努めて涙をこらえた。羅《ルオ》の目を見ると、僕がそれで何を言いたかったのか理解しているのがうかがえた。つまり拷問で僕が吐いてしまったときには、本をしっかり隠せと。局では尋問中、平手打ちや殴打、鞭打ちをされるということがまことしやかに噂されていたが、それに耐えられるかどうか分からなかったのだ。打ちひしがれた囚人のように、僕は村長のほうに向かった。足は震えていた。子供の頃、喧嘩で初めて相手に飛びかかっていったときとまったく同じだった。勇気があることを示すつもりが、足はそれを裏切り、恥ずかしくも震えていたのだ。

村長の息は虫歯臭かった。小さな目、そして三つの血の粒が、冷たい視線で僕を迎えた。一瞬、襟元をつかまれて、梯子からつき落とされるのではないかと思った。だが、村長はその場から動かなかった。視線は僕を離れ、寝台の柵にしがみつき、そして羅《ルオ》をじっと見つめると、彼に尋ねた。

「わしが前に見せた錫の塊を覚えているか？」

「何のことでしたでしょうか」困惑して羅《ルオ》は答えた。

「悪い歯に詰めろと頼んだだろ、あのちっこいやつだ」

「ああ、それなら覚えていますが」

「今もここにある」村長はそう言い、上着のポケットから赤い繻子の小さな包みを取り出した。

「それとこれと、どういう関係が？」ますます困惑して羅《ルオ》は尋ねた。

「お前は偉大な歯科医のせがれだ。もし、わしの歯を治すことができたなら、お前の友人には何もせん。でなければ、反革命的な話をしたこの薄汚い語り部を、公安局に連れていく」

村長の歯並びは、ぎざぎざの山脈のようだった。黒く腫れあがった歯茎からは、先史時代の玄武岩のような、くすんだ色の三本の門歯が聳《そび》え立ち、一方、タバコ色をした犬歯は光沢のない石灰華に似て、大洪水の時代からある岩かと思えた。臼歯のいくつかの歯冠には溝ができていたが、歯医者の息子が疾病について論じる医者のごとく断じたところでは、それは以前、梅毒を患ったことのある証拠だという。村長は顔をそむけ、その診断に異を唱えなかった。

災いの元凶である歯は、口蓋の奥のほう、黒い穴の近くにあり、海からひょっこり顔を出す危険な暗礁を思わせた。貝の化石を含んだ石灰質ででき、小さな穴がいっぱい開いた岩のようだった。それは親知らずで、エナメル質と象牙質がひどく傷んで虫歯になっていた。隣には前任の歯医者の大間違いでできた穴が開いている。村長の黄色がかった薄いピンクの舌は、何度もねちねちとその深さを測り、隣にぽつんと立つ暗礁を愛おしげに撫でて這いあがると、慰めに、ちっと音をたてるのだった。

ミシンの針はクロームめっきされた鋼鉄製で、普通の針よりも若干太めだった。それが大きく開いた村長の口に入り、親知らずの上で止まる。歯に軽く接するや舌は反射的に動き、電光石火の速さで針に襲いかかった。冷たい金属でできた奇妙な闖入者を撫で回し、針の先端に触れるとびくっと震える。舌は一度くすぐられたように引っこみ、すぐにまた攻撃に転じる。未知の感触に興奮し、ほとんど官能的なまでに針を舐めまわしていた。

仕立屋の老人が足元のペダルを動かした。ひもでミシンの滑車と結ばれている針が回転をはじめると、村長の舌は恐怖でこわばった。指先で針を持つ羅《ルオ》は、手の位置を調節する。何秒か待ってペダルの速度があがると、針は虫歯に襲いかかり、患者は金切り声をあげた。羅《ルオ》が針を遠ざけると、村長はミシンの隣に置いた寝台から古い岩のように転げ、土間の床すれすれのところまで落ちた。

「わしを殺す気か！　ふざけおって！」起きあがりながら仕立屋に言う。

「言っておいただろう、私はこれを縁日で見たのだ。香具師《やし》のまねごとを頼んだのは、あんただぞ」仕立屋が答える。

「めちゃくちゃ痛え」と村長。

「痛いのは仕方がありません」羅《ルオ》はきっぱりと言った。「ちゃんとした病院にある、電動ドリルの速さを知っていますか？　一秒間に何百回も回転するんです。針がゆっくり回れば回るほど、痛みも増します」

「もう一度やれ」村長は帽子を直し、意を決して言った。「ここ一週間、寝ることも食べることもできん。金輪際、ケリをつけちまいたい」

今度は口に入ってくる針を見まいと目を閉じたが、結果は同じことだった。強烈な痛みに、針を口に突き立てたまま、村長は寝台から飛びあがった。激しい動きで石油ランプも揺れた。僕はその炎で匙《さじ》のなかの錫を溶かしていた。滑稽な場面だったが、村長がまた僕を告訴すると言いだすのを恐れて、誰も笑おうとはしなかった。

羅《ルオ》は針を取って拭うと、曲がっていないか確かめ、コップの水を差しだした。村長は口をすすぐと、下に落ちていた帽子の横に血を吐いた。

仕立屋の老人は驚いた様子だった。

「血が出ていますな」

「虫歯に穴を開けるのであれば、お体を寝台に固定するしかないと思います」羅《ルオ》は帽子を拾い、村長のもじゃもじゃの髪にかぶせながら言った。

「わしを縛りつける？　公社主任の代理人であるわしを！」村長はむっとして叫んだ。

「お体が言うことを聞かないのですから、どんなことでもやるしかありません」

村長がそれを聞き入れたのは、まったくの驚きだった。村の政治経済を牛耳り、警察官でもある者が、よくもそんな滑稽で屈辱的な格好をすることを承知したものだ。僕はたびたび、もう何度も繰り返し、今でもまだ、そのわけを問うている。どんな悪霊にとりつかれてしまったのだろうかと。ただ、その直後には、じっくり考えてみる余裕はなかった。羅《ルオ》は手早く村長を縛りつけ、仕立屋は両手で頭を押さえつけたが、それが難儀な仕事だと見てとると、ペダルを踏む役を僕に引き継がせた。

その役目は責任重大だった。裸足になってペダルに触れると、使命の重みのすべてが、足の筋肉にかかっているような気がした。

羅《ルオ》の合図を受け、ペダルを踏んでミシンを動かすと、足はすぐに機械仕掛けの規則的な動きにもっていかれた。走路に突っこんでいく自転車の選手のように僕は加速した。針はびくっとして震え、人目をあざむく危険な暗礁にふたたび接触を試みた。歯に触れると、村長の口はじゅうじゅうと音をたて、彼は拘束着を着せられた狂人のように手足をばたばたさせた。太いひもで寝台にくくりつけられたうえ、仕立屋のがっしりとした手で首根っこを押さえつけられて身動きもままならない姿は、映画の捕り物場面にふさわしかった。口の端からは泡が流れ、顔は真っ青で、息もたえだえにうめいていた。

するとわれ知らず、心の底から、残忍な衝動が火山の噴火のようにわきあがってきた。僕はすぐに、再教育で味わった苦しみをいちいちかみしめながら、ペダルをゆっくりと踏みはじめた。

羅《ルオ》の目も、やれと言っていた。

僕はさらに速度をゆるめた。それは告訴すると脅されたことへの復讐だ。針は、使いすぎて壊れる寸前のドリルのように、のろのろと回転した。どのくらいの速さだったろう……。一秒に一回転、二回転、さあ？　それはともかく、クロームめっきされた鋼鉄の針はすでに虫歯を貫いていた。恐ろしいことに、今度は危険な下り坂でペダルを踏むのをやめた自転車の選手のように僕が足を休めると、針は回転の途中でいきなり止まった。僕は落ち着きはらい、素知らぬ顔をした。両目が、憎悪のこもった二つの裂け目になることはなかった。僕は滑車かベルトに異常がないか確かめるふりをした。そして針はまた、自転車がきつい坂を懸命に登っていくようにゆっくりと回りだし、錐もみをはじめた。針は鑿《のみ》となり、恨みのこもった鏨《たがね》となって、先始時代の黒い岩に穴を穿《うが》った。巻きあがる大理石の細かい粉塵は油っぽくて黄色く、チーズのよう。そんな残忍な自分は初めてだった。本当に、常軌を逸した残忍さだった。

❖

老いた粉ひきの話

ああ、わしは見たよ、あの子たちを。二人っきりで、素っ裸じゃった。いつも週にいっぺん、裏の谷に木を切りに行くんだが、そんときじゃ。あの滝壺を必ず通るもんでな。正確にどこかって？　わしの水車小屋から、そうさなあ、半里も離れてねえとこだ。滝は七丈くれえの高さがあって、おっきな岩の上さ落ちてくる。その下が、ちょっとした滝壺になっておって、まあせいぜい、ちっぽけな池ってなもんだが、岩山に囲まれていて、水は深くて暗い緑色をしとる。山道からえらく奥まったとこにあるから、誰もめったに行くことはねえな。

あの子たちに気づく前に鳥を見たんじゃ。岩の突き出たとこで寝ておったのが、何かにおびえたふうでな。飛びあがると、でっけえ声で鳴きながら、わしの頭の上さ通ってった。

そう、赤いくちばしのカラスどもだったよ、なんで分かるのかね。十羽ほどおったな。そんなかの一羽が、寝起きでも悪かったのか、仲間より乱暴者なのか、翼広げて、わしのほうに突っこんできやがってな、羽の先が顔をかすめてった。今話しておってもまだ、野生の鳥の、あの嫌なにおいを思い出すよ。

鳥どものおかげで、わしはいつもの道から逸れた。ちょっくら滝壺に寄ることにして、そんで、あの子たちを見たんだ。水から顔だけ出しておってな。赤いくちばしのカラスどもが逃げてったくれえだから、すげえ高さから飛びこんでたに違いねえ。派手に飛んでたはずじゃ。

あんたの通訳？　いいや、すぐには分からなかった。二人は水んなかで絡み合って、玉みてえにひとつに抱き合って、上になったり下になったりして回ってた。わしゃそれを見て、頭んなかが真っ白になっちまって、しばらくしてからやっと、あの子たちのやらかしてたのが、飛びこみだけじゃねえってことに気づいた。そうなんじゃ！

あの子たちは水のなかで目合《まぐわ》ってたんじゃよ。

なんですと？　性交？　そりゃ、わしにはちと難しい言葉だね。わしら山の者は、目合いって言うからの。のぞき見なぞ、するつもりはなかった。このじじいの顔も赤くなっちまった。水んなかでするなんて、ああいうのを見たのは、本当に初めてじゃったんだ。わしは立ち去ることができんかった。わしくらいの年になると、抑えがきかなくなるもんさ。二人は水のいちばん深えところでくるくる回って、滝壺の端の、石畳のほうに流れてった。そこだと滝の水も澄んで、お天道さまにぎらぎらと照らされて、淫らな動きは、化け物じみた激しいもんになっておった。

わしは情けなかった。いいや、目の慰みをやめにできなかったからじゃねえ。でなくて、わしも年くって、この老骨を別にすりゃ、体がふにゃふにゃだってことが痛えほど分かったからじゃ。わしはもう、あの子たちが感じてたような水の喜びを、これから二度と味わうことはないんじゃからな。

目合いが終わると娘っこは、水んなかから、木の葉の腰巻を拾いあげて結わえつけた。男のほうはくたびれておったが、娘っこのほうは反対に、力がありあまっておって、岩壁をよじ登りはじめた。途中、何度か姿が見えなくなった。じゃが、苔《こけ》だらけの岩陰に消えたかと思うと、別の岩の上にひょっこりと出てきおる。石の裂け目を通ってきたみてえにな。そんで、おそそをしっかり隠すために腰巻の位置さ直すと、滝壺から三丈も高えところにある、大きな岩に登っていった。

もちろん、娘っこのほうから、わしは見えんかったろう。葉っぱの茂みの陰に隠れて、じっと息をこらしていたからの。それはわしの知らん子で、水車小屋に来たこともなかった。娘っこが突き出た岩の上さ立つと、わしは、濡れた裸の体を間近から拝むことができた。娘っこはふざけて、腹んとこで腰巻を回してた。その上にゃ、初々しい乳が張ってて、先っぽは、ほんのり赤かった。

そこに赤いくちばしのカラスどもが戻ってきた。やつらは娘っこの周りの高けえ岩にとまった、わざわざそんな狭えとこにだ。

そんときじゃ、いきなり娘っこは、カラスどものあいだをぬって二、三歩後ろにさがると、勢いよく弾みつけて、空に飛んだんじゃ。翼広げるツバメみてえに、腕をいっぱいに伸ばしてな。

それと同時にカラスどもも飛びたった。けんど、高く飛んでいっちまう前に、風に乗るツバメになった娘っこの両脇に突っこんでった。娘っこは翼をぴんと広げたまま動かさねえ。水にぶつかるまでそうやって飛んで、腕さ開いて水に潜って、消えちまった。

わしは男のほうに目をやった。滝壺の縁で、裸のまんま目つぶって、岩に背をつけて座っておった。あそこはへなへなと萎《な》えて、だらりとしてた。

その若いのを前にどっかで見たことがあると思ったのは、そのときじゃった。じゃが、どこでだったかは思い出せんかった。わしは立ち去り、そんで森で木を切ってるときに気づいたんだ、ありゃ、あんたが何カ月か前、一緒に家に連れてきた若い通訳だったってな。

あんたのインチキ通訳も、見られたのがわしで運がよかったよ。わしは別に怒りもせんし、誰にも言わんかった。そうでなきゃ、公安局と面倒なことになってたかもしれんぞ、そうに違いねえ。

羅《ルオ》の話

俺の覚えてること？　あの子、泳ぎがうまいかって？　ああ、ほれぼれするほどうまいよ。今じゃイルカみたいに泳ぐ。その前？　いや、村の連中みたいに、足を使わないで腕だけで泳いでた。それも平泳ぎを教えてやるまでは、腕の広げ方を知らなくて、犬かきしてたよ。だけど、体つきは本物の水泳選手みたいなんだ。俺が教えたのは二、三のことくらいだ。今じゃ泳ぎ方を覚えて、バタフライだってできる。腰をくねらせて、水から上半身を出すと流線型のきれいな曲線を描いてね。手を広げて、足はイルカのしっぽみたいに水を蹴る。

高飛びこみのほうは、あの子が自分で思いついた。俺は高いところが怖いから、とてもじゃないけど、やってみる気にならなかったけどな。俺たちの水の楽園は山奥にぽつんとあって、池みたいなもんだけど、水はすごく深いんだ。飛びこみをするために、あの子が急な斜面の高いところに登っていくたび、俺は下に残って、ほとんど真上を仰ぐようにしてそれを見るんだが、すると頭がくらくらして、斜面と大きな銀杏の木々がごっちゃになってくるんだ、うしろに影絵みたいにくっきりと浮かびあがってね。あの子は、木のてっぺんになってる木の実みたいに、めちゃくちゃ小さくなる。何かを俺に叫んでるんだけど、木の実がかさかさ鳴ってるくらいにしか聞こえない。滝の水が石にあたる音のせいで、かすかな声が、やっと耳に届くていどだ。そしていきなり、木の実は宙に舞って落ちる。風切って飛んで、俺のほうに向かってくる。最後は先細の赤い矢になって、音もしぶきもほとんどたてず、水に突っこむ。

おやじが投獄される前、よく言っていたことがある。踊りだけは誰にも教えることができないってね。そりゃ正しかったよ。飛びこみとか、詩を書くなんていうのもそうだよな、自分の力で見つけださなくちゃならないもんだ。生まれたときから訓練を積ませた人間がいて、そいつが空に身を投げても、結局は岩が落ちてくるようにしか見えないだろう。宙を舞う木の実のようには、どうしたってなれないわけさ。

俺は、誕生日に母さんからもらったキーホルダーを持ってた。輪は金めっきされていて、ひすいがいくつかついててね。小さな薄い石で、緑の筋が入って縞模様になってた。俺はそれを肌身離さぬようにしていた。そいつは俺にとって、辛いことに対するお守りだったんだ。持ち物なんて何もないくせに、鍵だけはばかみたいにつけてた。成都の家の鍵、母親の引き出しの下にある、俺専用の引き出しの鍵、台所の鍵、折り畳みナイフ、爪切り……。この前は、メガネの本を盗んだときに作った万能鍵もつけた。うまくいった空き巣の記念として、大切にとっておいたんだ。

九月のある昼下がり、俺はあの子と一緒に、幸せの滝壺に行った。いつものように誰もいない。水は少し冷たかった。俺は『幻滅』を十頁くらい読んで聞かせた。同じバルザックでも、その本には『ゴリオ爺さん』ほど感動しなかった。ただ、あの子が川底の石の隙間で亀をつかまえたとき、そいつの甲羅に二人の登場人物の顔を彫った。鼻高の野心家たちをさ。それから川に帰してやった。

亀はすぐにどこかにいっちまった。そして俺はふと思った。

「俺のほうは、この山から帰れるんだろうか？」

そりゃ、まぬけな問いさ。けど、途端にひどく辛くなっちまった。どうしようもないくらい気がめいった。ナイフを畳むとき、キーホルダーの輪にかかっていた家の鍵を見て、俺は泣きそうになったよ。成都の家の鍵なんて、もう使うことはないんだからな。さっき川に帰っていった亀が羨ましかった。俺は思いあまって、キーホルダーをずっと遠くに、深い水のなかにぶん投げちまった。そしたらあの子が、俺のキーホルダーを取り戻すためにバタフライをはじめたんだ。だけど、あまり長いこと水のなかに入ったままなんで、俺は心配になった。水面はおかしなくらい動かない。黒みがかって不気味なほどで、空気の泡もあがってこなかった。俺は叫んだ。「いったい、どこにいるんだ？」あの子の名と、あの子のあだ名を叫んだ、「小裁縫」と。そして俺も、滝壺の深く透んだ水の底に潜っていった。すると突然、あの子が見えた。俺のすぐ前にいて、イルカみたいに体をくねらせながら、浮きあがってくるところだった。水のなかでたゆたう髪と、優美に体を揺らす姿を見て、俺ははっとした。本当にきれいだったんだよ。

水面で一緒になったとき、あの子の口にはキーホルダーがあった。真珠みたいに輝く水滴がついていた。

あの子は間違いなく、俺が再教育をどうにかして抜けだし、あの鍵がいつか必要になると信じている、世界でたった一人の存在だった。

その日の昼下がりからは、滝壺に来るたびにキーホルダー遊びをするのが、俺たちのいつもの気晴らしになった。俺はそれが大好きだった。いや、将来を占うとかじゃない。ただ、あの子の見事な裸をたっぷり眺めることができたからだ。ほとんど透けてる、かさかさいう木の葉の腰巻をつけて、水のなかで色っぽく体をくねらせる姿をね。

だけど今日、俺たちはキーホルダーを水のなかでなくしちまったんだ。もし俺が強く言わなかったら、あの子は取り戻すためにもう一度、危険を覚悟で潜っていっただろう。キーホルダーは高いもんじゃないからいいさ。どちらにしても俺は、もうあそこには行きたくない。

今晩、村に戻ると、電報が届いていた。母さんが緊急に入院したので、すぐに家に帰れという報《しら》せだった。

たぶん歯の治療がうまくいったからだろう、村長は、俺が母さんの枕元で一カ月過ごす許可を出してくれた。明日の朝、俺は出る。これが運命の皮肉ってやつかな、親のもとに帰るときに、鍵がないとはね。

小裁縫の話

羅《ルオ》が小説を読んでくれると、冷たい滝の水にどうしても飛びこみたくなるの。なぜかって？　もやもやした気分をぱっと晴らすためよ！　胸のわだかまりを、話さずにはいられないときってあるでしょ、それと同じ！

水の底は暗くて、青みがかった大きな光の輪が広がっているの。あそこで物を見分けるのはとても難しいのよ。膜がはられたみたいに目が曇っちゃうから。羅《ルオ》のキーホルダーはいつも、滝壺のまんなかの数メートルくらいの範囲に落ちているからよかったけど、底にある石なんて、触れるくらい近くに行かないと見えないほどなの。そのなかでも卵くらいの丸石は、淡い色をしていてつるつるで、もう何年も、たぶん何百年もそこにあるんだわ、それって、すごくない？　もっと大きいのは人間の頭くらいあって、水牛の曲がった角みたいなのがついてるのもあるの、本当よ。ときどき変なふうに角ばって、よく切れそうな、とがった石を見ることもあるし。確かに珍しいけど、そんなのにぶつかったら血が出ちゃうでしょうし、肉をそぎ取られちゃうわ。それに貝もいるの。どこから来たのかは見当もつかないけど。水底の岩にしっかりくっついていて、柔らかい藻に覆われた石になってる。でも、それが貝だってことは分かるの。

えっ、なに？　どうしてキーホルダーを拾うのが好きかって？　ああ！　分かった。私のこと、ばかにしてるんでしょ。そんなの、投げた骨を追っかけて走る犬みたいだって。私はバルザックの小説に出てくるフランスの女の子とは違いますからね。私は山の娘だもの。羅《ルオ》を喜ばせるのが大好きなの、それだけよ。

この前、何があったか話してほしいの？　もう一週間も前のことよ。羅《ルオ》が家族からの電報を受けとったのは、あの後すぐだから。私たちが滝壺に着いたのはお昼頃でね。たくさんは泳がないで、水遊びをしたくらい。それから私が持っていったトウモロコシパンと卵と果物を食べて、そのあいだに羅《ルオ》は、伯爵になったフランスの船乗りの話をちょっとだけしてくれた。父が聞いた、例のお話ね。今じゃ父さん、あの復讐鬼にすっかり惚れこんでるの。羅《ルオ》が話してくれたのは、短い場面で、ほら、伯爵が若い頃の婚約者と再会するところ。その女の人のせいで、二十年も牢屋に入ることになったのよね。女の人は、伯爵が誰だか分からないふりをするの。演技がうまくて、本当に昔のことを忘れてしまったみたいなの。ああ！　たまらないわ。

少しお昼寝をしようと思ったのだけど、私は目が覚めちゃって、ずっとその場面のことを考えてた。それで何をしたと思う？　私たち、お芝居をしたのよ。羅《ルオ》はモンテ・クリスト、私はその昔の婚約者になって、二十年後にどこかで再会したところを演じたの。不思議な感じだったわ。私、即興だってたっぷり入れたのよ。こんなふうに口からどんどん出てくるの。元船乗りの羅《ルオ》も、すっかり役になりきってた。彼は今も私のことが好きでね、私の言葉に心を引き裂かれて、かわいそうに、顔にもそれが出ていたわ。恨みと怒りのこもった目つきで私を睨んで。私が本当に、彼を罠にかけた友だちと結婚しちゃったみたいに。

それはまったく初めての体験だった。自分でありながら、自分でない誰かを演じることができるなんて、前には想像もつかなかったわ。たとえば、私は全然そうじゃないのに、お金持ちの幸せな女の人を演じるなんてね。羅《ルオ》は、私がいい女優になれると言ってくれたわ。

劇の後は、あの遊びをしたの。羅《ルオ》が投げたキーホルダーが小石みたいに落ちたのは、だいたい、いつもと同じ場所だった。私は頭から水のなかに飛びこんでいった。そして、ちょっとずつ手探りして、石のあいだとか、暗いところとかを探していたのだけど、ほとんど何も見えない闇のなかで、急に蛇に触れたの。うん、蛇になんかもう何年も触ってなかったけど、あのぬるっとした冷たい皮の感じは水のなかでも分かった。ぱっとすぐ逃げて、水面にあがったわ。

蛇がどこから来たかって？　さあ、どこかしらね。滝から運ばれてきたのかもしれないわ。お腹を空かせていて、新しい縄張りを探していたのかも。

少し経ってから私、羅《ルオ》がだめだと言ったけど、また水に潜ったの。鍵を蛇に渡したくなかったのよ。

でも、そのときは本当に怖かったわ！　蛇のおかげで頭がおかしくなってた。水のなかなのに、背中で冷や汗をかいているの。じっとしているはずの底一面の石が、いきなり命ある生き物になって、私の周りで動きだしたような感じ。信じられないでしょ！　それで息つぎのために水面にあがったの。

三度目はうまくいきそうだった。やっとキーホルダーが見えたのよ。光ってはいたけど、水の底だとぼやけた輪みたいだった。でも、それに手を伸ばした途端、右手を咬まれたの。いやったらしい牙でがぶっと、すごく荒々しくて、ひりひり痛んだわ。

私、キーホルダーをあきらめて、引きあげることにした。

五十年経っても私の指には、この汚い傷が残っているでしょうね。触ってみて。

❖

羅《ルオ》は一ヵ月の予定で出発した。

たまには一人になるのも悪くなかった。したいことができるし、食べたいときに食べることができる。そのままなら一国一城の主としゃれて、愉快に暮らしていたかもしれない。しかし出発の前日、羅《ルオ》は僕に、ある困難な使命を託した。

「お前に頼みたいことがある」羅《ルオ》は秘密めかし、声を落として言った。「俺がいないあいだ、小裁縫を守ってもらいたいんだ」

いわく彼女は、大勢の山の若い衆、さらには再教育中の知識青年の垂涎《すいぜん》の的《まと》になっている。一ヵ月の羅《ルオ》の不在をいいことに、今はまだ見ぬ敵たちは大挙して仕立屋の店へ押しよせ、熾烈《しれつ》な戦いを繰り広げるだろう。羅《ルオ》は言った。「あの子が鳳凰山一の美人だということを忘れるな」僕の任務は、心の扉の番人として、いつも彼女のそばに人の気配を漂わせることだった。そして僕の隊長、羅《ルオ》の恋敵が、小裁縫の私生活に入ってくるのを、彼の領地に忍びこむ機会を、ことごとく潰すのだ。

僕は驚きつつも、喜んでこの使命を引き受けた。そんな頼みごとをして出かけるなんて、無条件に信頼されていることの証だった！　盗まれるなどとは夢にも思わず、自分の至宝を、人生の戦利品を託すようなものではないか。

羅《ルオ》の信頼に応えよう、このときの気持ちはそれに尽きた。僕は自分を、敗走する軍隊の総大将に見立てた。親友の将軍から託されたその妻を護衛しながら、恐怖に満ちた広大な砂漠を横断する任務に就いたのだ。拳銃と機関銃を装備した僕は毎夜、高貴な夫人のいるテントの前で歩哨に立ち、肉に飢えた残忍な獣どもを退ける。獣の目は欲望に燃え、鬼火のごとく闇のなかで光を放つ。砂嵐に食糧難、水切れに兵士たちの反乱……こうしたさらに恐るべき苦難を経て、一ヵ月後、僕たちは砂漠を脱出する。そして夫人は将軍のもとへ、僕の友のもとへと駆けていく。二人がお互いの胸のなかに飛びこんだとき、それを見おろす砂丘の頂上にいた僕は、疲労と渇きで気を失う。

羅《ルオ》が電報で呼ばれて街に出発した翌日から、こうして毎朝、小裁縫の村へ通じる山道に私服姿の警官が姿を見せるようになった。熱心なお巡りだ。その表情は険しく、足どりはせわしい。秋が来ていた。彼の歩みは追い風を受けたヨットのように速い。だが、かつてメガネが住んでいた家の前を通り過ぎると、山道は北に折れ、風は向かい風になる。警官は、経験豊かで粘り強い登山家のように背を丸め頭をさげる。そして、すでにお話しした危険な崖道にたどり着く。幅は三十センチほど、両側は目がくらむほど高い絶壁。彼はこの美人参りの関所で歩をゆるめるが、立ち止まりはせず、手をつくこともしない。めまいとの戦いには連日の勝利をおさめる。向こう側ではいつもの同じ岩に、赤いくちばしのカラスがとまっている。その冷淡な、飛び出た目をじっと見つめたまま、彼はやや震える足どりで、崖道を歩いて渡る。

右であれ左であれ、この綱渡りで一歩でも踏み外したら、彼は深い谷底にまっさかさまだったろう。

私服警官はカラスに話しかけ、食べ物の屑を与えただろうか？　僕はそうは思わない。その姿は彼の心に焼きついたはずだ。それは正しい。何年経っても彼は、あの鳥の冷淡な視線を忘れることができないでいる。あれほどの冷淡さを示せるのは、何か神がかった存在だけだ。だが、その鳥でさえ、彼の強い意志を揺るがすことはできなかった。その頭にはたったひとつのことしかなかったのだ、使命のことしか。

これは大切なことだが、羅《ルオ》が前に担いでいた竹の籠は今、この警官の背にあった。底にはいつも、木の葉や野菜、米やトウモロコシ粒の下に、傅雷が訳したバルザックの小説が一冊隠されていた。空に雲が垂れこめる朝、遠くから見たならば、竹の籠が独りでに山道を登り、灰色の雲に消えていくように見えたかもしれない。

小裁縫は自分が守られているとは露ほども知らず、僕がただ、羅《ルオ》の代わりに本を読みに来ていると考えていた。

これは自惚《うぬぼ》れて言うのではないが、小裁縫が僕の朗読を、もしくは僕の朗読の仕方を、羅《ルオ》がやるより多少なりとも気に入っていたのは確かだった。僕にしてみれば、頁をまるまる声に出して読んでいくのは、耐えがたいほど退屈なことに思えた。そこで、本を一字一句ばか正直に読むのはやめにした。どうしたかといえば、彼女がミシンで作業をしているあいだ、二、三頁、もしくは短い章を読んで聞かせ、内容を少し反芻《はんすう》した後、何か質問を出すか、話の次の展開を小裁縫に当てさせたのだ。答えが返ってくると、だいたい一段落ごとに本がどうだったかを話して聞かせる。ときおりは適当なところに、ちょっとしたことをつけ加えもした。たとえばそう、僕自身の語りを少々足して、小裁縫がもっと物語を楽しめるようにしてみた。バルザックが息切れしていると感じたときには、実際にはない場面を考え出したり、別の小説の話を挿し入れることもあった。

ここで、仕立屋家業の創業者、家族経営店の長のことを話しておこう。仕立屋の老人は近辺の村を移動して仕事を請け負っており、自分の家にはたいてい、二、三日という短いあいだしかいなかった。老人は、僕が毎日訪ねてくることにすぐに慣れてしまった。さらに都合がいいことに、客のふりをしてやって来る大勢の求婚者を追い払ってくれるので、僕の使命の達成には願ってもない影の味方だった。彼は、僕たちの家で九晩を過ごして『モンテ・クリスト伯』を聞いたことを忘れていなかった。その体験は自宅でも繰り返された。あのときほど夢中ではなかったかもしれないが、しかし変わらず興味深げに、老人は『従兄ポンス』の一部を聞いた。これもバルザックの作品で、どちらかと言うと暗澹《あんたん》たる物語だ。故意のことではないが、老人は偶然、仕立屋のシボが登場する挿話に三度続けてあたった。シボは古道具屋のレモナンクに毒を盛られ、じわじわと殺されていく脇役だ。

僕ほど使命感に燃えるお巡りもいなかったろう。『従兄ポンス』の章と章のあいだには、家事にも進んで加わった。毎日、二つの大きな木桶を肩に、共同井戸から仕立屋の家に水を運んで、水甕《みずがめ》をいっぱいにするのは僕の役目だった。彼女のために食事の支度《したく》をすることもたびたびで、料理をするときの、忍耐を要する多くの細々《こまごま》としたことに、ささやかな楽しみを見出すようになった。肉や野菜の汚れを落として切り、鈍った斧で薪を割って木片にし、いつ消えるとも知れぬ火をうまいこと絶やさないようにする。必要とあれば、迷わず大きな口を開け、炭火に息を吹きかけることもあった。若さゆえのせっかちな息で火が煽られると、煙がもくもくとあがって息苦しくなり、煤で喉が締めつけられた。それは、あっという間のことだった。バルザックの小説が教えてくれた、女性に負うべき礼儀と敬意によって、僕はたちまち洗濯女となり、小裁縫が注文でてんてこ舞いのときには、冬のはじめだと言うのに、小川で洗濯物を手洗いさえした。

目に見えて、また感動的なまでに手なずけられた僕は、女らしさというものにより親しく接するようになった。鳳仙花をご存じだろうか。花屋や家の窓辺などどこでも見ることのできる花だ。黄色いものもあるが、たいていは血のような赤い色をしていて、膨らんだ実は風に揺れ、熟れると、ちょっと触れただけで破裂して種をまき散らす。この花は鳳凰山を象徴する女帝だった。見方によっては、鳳凰の頭や羽や足、さらには尾に似た形をしていると言われていたからだ。

ある日の夕闇迫る頃、僕たちは詮索《せんさく》好きの視線を逃れ、台所に二人きりで顔をつき合わせていた。朗読者、語り部、料理人、洗濯女を兼任していた警官はそこで、小裁縫の指を木桶の水で念入りにすすいでいた。それから鳳仙花の花を潰すと、濃厚なその汁を、仕事がていねいな美容師のように、彼女の爪のひとつひとつにそっと塗っていった。

小裁縫の指は、畑仕事で歪《いびつ》になった農民の指とは別物だった。右手の中指にピンク色の傷があったが、それはあの滝壺で、蛇の牙が残したものだろう。

「こんな女の子がするようなこと、どこで覚えたの？」小裁縫が僕に尋ねた。

「母さんが話してくれたことがあってね。一晩してから、指の先についてる布きれを取ると、爪が真っ赤に染まっているはずだよ。ニスを塗ったみたいにね」

「長いあいだ、ついているの？」

「十日くらいかな」

明日の朝になったら、このちょっとした芸術作品の報酬として、紅色の爪に口づけをしてもいいかと、どれほど問いたかったものか。しかしながら、中指の真新しい傷を見るにつけ、自らの職務に謳《うた》われた禁を侵すわけにはいかず、僕に使命を託していった隊長と交わした、騎士道的な契約を破るわけにもいかないと思うのだった。

その晩、『従兄ポンス』の入った竹の籠を背負って小裁縫の家を出ると、村の若い連中のあいだで、僕への嫉妬がくすぶっていることに気づいた。山道に出るとすぐ、十五人ほどの農民の一団が背後に現われ、無言で後をついてきたのだ。

振り向き、見ると、若者たちの憎しみに満ちたとげとげしい表情にはっとした。僕は歩を速めた。

突然、背後から声があがった。街の訛りを面白おかしく、大げさにまねている。

「おお！　小裁縫よ、どうか私めに、お洗濯をお申しつけくださいませ」

ものまねされてちゃかされ、からかわれていることがいやでも分かり、僕は赤くなった。振り向いて、誰がそんな下劣な芝居をしたのかを確かめた。それは群れのなかで最年上の若者で、足を引きずりながら、パチンコを指揮棒のように振り回していた。聞こえなかったふりをして道を歩きつづけたが、彼らは僕を取り囲み、こづき、足の悪い男の言葉に唱和して、卑猥で粗野な、けたたましいばか笑いをした。

やがて侮辱は痛いところをついてきた。なかの一人が僕の鼻先を指さし、決定的な言葉を口にしたのだ。

「小裁縫の下着を洗ってる、すけべ野郎！」

僕の受けた衝撃ときたら！　それに敵は的を射ていた！　僕はぐうの音も出ず、動揺を隠すこともできなかった。なぜなら僕は確かに、小裁縫の下着を一度洗ったことがあったからだ。

そのとき、足を引きずった男が僕の前に出て通せんぼをすると、ズボンをおろし、さらに下ばきも脱いで、しなびて毛むくじゃらの性器をむき出しにした。

「ほらよ、俺のも洗ってくれよぅ！」挑発的な、猥雑な笑いとともに彼は叫んだ。顔は興奮で歪んでいた。

男は黒く黄ばんでいる下ばきを高く掲げ、頭の上で振り回した。つぎはぎがしてあり、垢だらけのものを。

僕は知っている限りの罵倒の文句を探したが、あまりの怒りに、キレそうで、そのどれかをどやしつけることさえできなかった。体は震えた。僕は泣きたかった。

その後のことはよく覚えていない。記憶にあるのはただ、そいつめがけて猛烈に突進し、籠を振りかざしながら、体当たりをしたことだ。やつの顔面に一発お見舞いしたかったが、かわされてしまい、かろうじて右肩にあたっただけだった。一人対全員の戦いでは多勢に無勢、僕は体格のいい二人の若者に取り押さえられた。籠は吹っ飛び、落ちてひっくり返ると、中身を地面にぶちまけた。卵が二個割れてキャベツの葉に垂れ、砂の上に転がった『従兄ポンス』の表紙にしみをつけた。

突然の静けさ。僕を襲った一団、つまり小裁縫への恋に破れた求婚者たちは誰一人、読み書きができなかったが、その奇妙なもの、本が出てきたことに唖然としていた。僕の腕をつかんでいた二人を除き、若者たちは本に近づくと、輪になってそれを取り囲んだ。

下半身まるだしの男がひざまずき、表紙を開ける。すると、長いあご髭と銀色の口髭をたくわえた、バルザックの白黒の肖像が現われた。

「こりゃ、カール・マルクスか？」一人が足の悪い男に尋ねた。「お前なら知っているだろう、俺たちより遠くに行ったことがあるんだから」

彼は答えに窮した。

「レーニンじゃないのか？」別の者が言った。

「じゃなきゃ、私服のスターリンだ」

僕はこの隙をつき、最後のばか力で腕を振りほどくと、若者たちを周りに押しのけ、ほとんど飛びつくようにして『従兄ポンス』に駆け寄った。

「触るな」僕は叫んだ。その本が、爆発寸前の爆弾であるかのように。

男が状況をのみこんだときには、僕はその手から本をむしり取っていた。そして全速力で走り去ると、脇目もふらず山道を進んでいった。

逃げる僕に、石と怒号の一斉掃射が伴走し、それは長いこと続いた。「すけべな下着洗い！　腰抜けめ！　再教育してやるぞ！」突然、パチンコから飛んできた小石が左耳にあたった。激しい痛みで、耳が少し遠くなる。反射的に手をやると、指が血に染まっていた。

背後からの罵倒は、声の大きさと卑猥さとが同時に増していった。岩壁にこだました声は山中に鳴り響き、リンチしてやるという脅し、今度また待ち伏せするぞという警告になった。そして、すべてがやんだ。静けさ。

傷ついた警官はその帰途《きと》、使命の放棄を心ならずも決めた。

その日の晩はとりわけ長かった。高床式の家は殺伐とし、じめじめとしていて、前よりも薄暗く感じられた。空気には廃屋のにおいが漂っている。すぐにそれと分かるにおいだ。冷たく、古くなった油のようなカビ臭いもので、鼻について離れない。まるで誰も住んでいない家のようだった。その晩、左耳の痛みを紛らわせようと、石油ランプを二、三個灯して明るくし、好きな小説『ジャン・クリストフ』を読み返してみた。だが、ランプから盛んに出る煙も、家のにおいを追い払うことはできず、僕はだんだん気が遠くなっていった。

耳の出血はやんでいたが、腫れあがって、あざができていた。痛みがひかないため、本を読み進めることもできない。おそるおそる触るとまた激痛が走り、悔しさがこみあげてきた。

とんでもない夜だった！　今でもまだ覚えているほどだが、ただ、自分のなかで起こったことについては、あれから何年経ってもついぞ理解できないでいる。あの夜、僕は耳が痛み、まるで針の床に寝ているように何度も何度も寝返りを打っていた。そして、やきもち焼きの、あの足の悪い男に復讐し、やつの耳を切り落とすさまを思い描く代わり、なぜか、同じ連中にもう一度襲われる自分の姿を想像していた。僕は木に磔《はりつけ》にされていた。リンチに拷問。落日の残光がひと振りの包丁を照らす。足の悪い男が弄んでいるそれは、肉屋が使うような包丁と違い、刃が驚くほど長く、とがっていた。指先で愛おしむようにその刃を撫でると、やつは得物をまっすぐもちあげ、音もたてず僕の左耳を切り落とす。耳は地面に落ち、跳ね返ってまた落ち、処刑人は血しぶきのついた長い刃を拭う。小裁縫が泣きながらやって来ると、荒っぽいリンチはやめになり、若者の一団は逃げていく。

娘は磔を解き、そして爪が鳳仙花で鮮やかな紅色に染まっている指を、僕の口に含ませた。僕はそれを、からみつく熱い舌先で舐める。ああ！　山の象徴たる鳳仙花、娘のきらめく爪で固まったその濃厚な汁は、甘く、麝香とも思《おぼ》しき香気を放ち、淫らな肉の欲を煽った。紅は唾液と混じってさらに濃く、鮮やかになり、やがて溶けだすと、火山から噴き出る灼熱の溶岩に変わる。本物の噴火口のような、僕の煮え立つ口のなかであふれ、しゅうしゅうとうなり、渦を巻いた。

そして波とうねる溶岩は思いのままの旅を、探求をはじめる。青あざだらけの上半身を伝って流れだし、大陸の平原を風に逆らってジグザグに進む。胸の丘を迂回して腹に注ぎこむと、へそで流れを止め、彼女の舌に圧されて体のなかに入りこむ。血管と内臓の隅々へと散っていき、ついに僕の男性の根元に至る道を見つける。そこは震え、沸きたち、秩序を失い、独り立ちのときを迎えていた。そして警官が自らに定めた、厳格で偽善的な義務に従うことを拒んだ。

最後の石油ランプがゆらめき、油が切れて明かりが消えた。闇のなか、仰向けに寝ていた彼は、夜の裏切りに身を任せて下着を汚した。

目覚まし時計の蛍光文字盤は、真夜中を指していた。

❈

「困ったことになったの」小裁縫が僕に言った。

それは卑猥な求婚者の群れに襲われた翌日のことだ。僕たちは彼女の家の台所にいて、緑や黄に変わる煙のなか、鍋で炊けている米のにおいに包まれていた。野菜を切る小裁縫、火の番をする僕。大部屋では外回りから帰ってきた父親が仕事をしていて、あの聞き慣れた、規則正しいミシンの音が鳴っていた。どうやら二人とも、僕のいざこざのことは知らないようで、また驚いたことに、左耳のあざにも気づかなかった。

僕は、使命から身を引くことをどうやって切りだそうか思いあぐねていた。その瞑想を断ち切るため、小裁縫はもう一度、言葉を繰り返した。

「たいへんなことになったわ」

「農民たちのこと？」

「違うわ」

「羅《ルオ》とかい？」恋敵としての希望をこめ、僕は尋ねた。

「いいえ、違うの。後悔してる。でも、もう手遅れよ」悲しげに言う。

「何の話？」

「吐き気がするのよ。今朝もまた戻しちゃったの」

と、小裁縫の目に涙があふれ、僕の心はかきむしられた。涙はそっと頬を伝い、野菜の葉と手の上にぽたぽたと落ちる。その先には、紅に染まった爪。

「父さんに知られたら、羅《ルオ》、殺されちゃうわ」静かに涙を流しながら、しゃくりあげもせず彼女は言った。

ここ二ヵ月、小裁縫には生理がきていなかった。その不順を引き起こした張本人でなければ犯人である羅《ルオ》にはまだ話していない。一ヵ月前に彼が出発したときには気にかかっていなかったのだ。

それを聞くなり僕は、告白の内容よりも、彼女らしくない不意の涙にうろたえた。腕に抱いて慰めてあげたかった。小裁縫が辛い顔をすると僕も辛くなるのだ。だが、父親がミシンのペダルを踏む音が、現実に立ち返れと警告するように鳴り響いていた。

そうした苦しみは慰めようがなかった。性に関することにはまったくと言っていいほど無知だったが、二ヵ月の遅れが何を意味するのかは僕にも分かっていた。

やがて小裁縫の動揺が飛び火して、僕もまた人知れず涙ぐんでいた。まるでそれが僕の子供のことであるかのように。銀杏の大木の下、あるいは滝壺の澄んだ水のなかで彼女と肌を合わせたのが羅《ルオ》ではなく、僕であったかのように。僕はひどく感傷的になっていて、小裁縫をどこまでも親身に感じていた。彼女を守るために一生を捧げても構わなかった。その苦悩を和らげることができるなら、独身で死ぬ覚悟があった。法的に可能であれば、彼女と結婚しただろう。紙の上での結婚でいい、それで小裁縫が合法的に、そして平穏無事に、僕の友の子を産めるのであれば。

彼女のお腹をちらりと見たが、手編みの赤いセーターの下、苦しそうな呼吸と静かな涙のせいで、それは痛々しく引きつりを繰り返しているだけだった。女性が月のものがないことを嘆きはじめたら、もう止めようがない。僕は怖くなり、足に震えが走るのを感じた。

僕は肝心なことを忘れていた。つまり小裁縫に、十八歳で母親になるつもりがあるのかを尋ねていなかった。だが、この失念の理由は簡単だ。子供を持つなど、逆立ちしたってできない相談だったからだ。結婚していない二人の子を、法を破ってまで取りあげようとする病院や、山の産婆などいるわけがない。さらに羅《ルオ》が小裁縫と結婚するには、あと七年待たなければならなかった。二十五歳前の結婚は法律で禁止されていたのだ。もしどこかに法の目が届かない場所でもあれば、われらがロミオと妊娠したジュリエットはそこに逃げこみ、今度はフライデーになったあのお巡りに助けられながら、ロビンソン・クルーソーのように暮らすことができただろう。だが、そんなところがあるはずもなく、望みのなさを深刻なものにしていた。この国では一センチ四方ごとに〝プロレタリア独裁〟の検閲が目を光らせており、その巨大な網は中国全土を覆い、破れた網目などひとつとしてないのだった。

小裁縫が落ち着きを取り戻すと、僕たちは中絶手術をするための、考えられる限りの手段を挙げていった。父親の背後で、あれでもないこれでもないと話し合い、とにかく人目につかないような、安全確実な解決策を見つけだそうとした。つまり政治犯や罪人にならずにすみ、そして醜聞から二人を守るための方法をだ。思うに、この国の法体系は、羅《ルオ》たちをがんじがらめにするため、目ざとくも万事を見通していたかのようだ。なぜなら結婚前に子供を産むことはできず、かといって中絶は法で禁じられていたのだから。

この一大事にあって僕は、羅《ルオ》の先見の明に感心することしきりだった。幸いにも彼は、小裁縫を守れという使命を僕に託していった。その役目があったからこそ僕は、彼の内縁の妻が、山の薬草売りのもとに駆けこむのをやめさせることができたのだ。小裁縫がそうしていたら、毒を飲まされたかもしれないし、告発されてしまったかもしれない。さらに、子供が流れないものかと家の屋根から飛び降りでもしたら、それこそ、ただのばかだということを彼女に言い聞かせることができた。体を傷つけてしまったら元も子もないと、暗澹たる未来予想図を描いてみせることで。

明くる日の朝、僕は前日の取り決めどおり、栄経の町に偵察に出かけた。病院の産婦人科に探りをいれるためだった。

もう覚えていただけたと思うが、栄経は、役所の食堂で牛肉のタマネギ炒めが調理されたら、においが町中に漂ってくるほど小さいというあの町だ。二棟からなる小さな病院は、高校のバスケットコートの裏手にそびえる丘にあった。ふもとにあるのが外来患者用の病棟で、玄関には、軍服姿の毛《マオ》主席の肖像が飾られ、泣き叫ぶ子供を連れて列を作っている雑多な病人たちに手を振っていた。もうひとつは丘の頂上にある四階建ての棟で、露台はなく、レンガの壁には石灰が塗られていた。その建物は入院患者用だった。

僕が密偵よろしく、極力目立たないように外来患者用の建物に忍びこんだのは、二日間山を歩き、虱だらけの宿で眠れない一夜を過ごした翌朝のことだった。名もない農民の女たちの群れに溶けこむため、僕は古い羊皮の上着を着ていった。医学の領域には子供の頃から慣れていたが、病院に足を踏み入れると居心地の悪さを感じ、汗をかきはじめた。一階の廊下は暗く、じめじめしていて、地下のにおいに軽く吐き気を催した。そのつきあたりの両の壁沿いに椅子が並べられ、女たちが腰をかけて順番を待っていた。ほぼ全員が大きなお腹をしていて、痛みから、押し殺したうめき声をあげている女性もいた。産婦人科の文字が見つかったのはそこだった。きっちり閉じられた部屋の扉に木の板がかけられ、赤いペンキでそう記されていた。数分後、扉は少しだけ開き、処方箋を手にしたガリガリの患者が診察室を出ると、次の者がすかさず駆けこんだ。机の向こうに座っている白衣の医師の姿がかいま見えたが、扉はすぐに閉じてしまった。

開かずの扉が出し惜しみをしたせいで、それがもう一度開くのを、しばらく待たなければならなかった。産婦人科医がどんな人物かを見ておく必要があったのだ。だが、振り向くと、椅子に座った女性たちの、ぴりぴりとした視線が待っていた！　これぞまさしく、怒れる女たち！

分かっていたことだったが、そのいらだちも僕の年齢に原因があった。女装し、さらに身重を装うため、腹に枕でも入れておくべきだったか。僕のような十九の若い男が、羊皮の上着を着こんで女だらけの廊下に立っていれば、招かれざる客と映るのも当然だ。女性の神秘をうかがおうとしている、のぞきか変態と思われたのだ。

この待ち時間の長かったこと！　扉は動こうとしない。暑くて、シャツは汗でびっしょりになった。羊皮の裏に写したバルザックの文がだめにならないよう、僕は上着を脱いだ。女たちは何やらこっそりと、互いに耳打ちをはじめた。暗い廊下で見ると、太鼓腹の悪人たちが、薄明かりのもとで陰謀でも練っているかのようだった。リンチの手筈《てはず》を整えているようでさえある。

「ここで何してんだい？」一人の女が僕の肩を叩き、殴りつけるような声で怒鳴った。

僕は彼女を見た。髪が短く、男ものの上着にズボンをはいている。緑色の軍帽には赤いメダルがつき、毛《マオ》の肖像が金に輝いていたが、それは、彼女が健全な道徳の持主であることの証だった。妊娠しているにもかかわらず顔中ニキビだらけで、化膿していたり、傷になったりしていた。お腹で大きくなっている子供もかわいそうに。

僕は、言っている意味が分からないふりをすることにした。ちょっとばかり嫌がらせをするためにだ。しばらく彼女をじっと見つめ、まぬけにも質問が繰り返されると、映画のスローモーションのようにゆっくり左手を耳の後ろにやり、よく聞こえないと身振りで示した。

「耳が青くなって腫れているわ」座っていた別の女が言った。

「耳ならここじゃないのよ！」帽子の女性が、耳の悪い人に話しかけるときのように大声を出した。「上の階で診てもらいなさい。眼科で！」

混乱も甚だしい！　そして女たちが、耳を診るのが眼科なのか耳鼻科なのかを話し合っていると、扉が開いた。今度は、産婦人科医の姿を頭に焼きつける間があった。長い髪には白髪が混じり、角ばった顔には疲労の色がうかがえた。年は四十歳くらいでタバコをくわえていた。

この最初の視察がすむと、僕は長いこと町を歩きまわった。と言っても、ひとつしかない通りをただひたすら行き来したわけだが。道のつきあたりまで来るとバスケットコートを横切り、病院の入口に戻る。これを何度繰り返したことか。医者のことが頭から離れなかった。僕の父親よりは若そうだった。二人が知り合いかどうかは分からない。彼が産婦人科で診察するのは月曜と木曜で、残りの日は外科、泌尿器科、消化器科を代わる代わる担当しているという話も聞いた。僕の父親のことを、あるいは名前くらいなら、知っている可能性はあった。人民の敵になる前、父は省でなかなか評判の医師だったからだ。僕は、県立病院で小裁縫の診察をするのがあの医者ではなく、僕の父か母だったらどうなっていただろうかと想像してみた。〈産婦人科〉と記された扉の向こうには最愛の息子がいる。それは間違いなく、二人の生涯で最悪の出来事だったろう。それなら文化大革命のほうがまだましだ！　二人は、誰が小裁縫を妊娠させたのかも聞かずに僕を追い出し、怒り狂って二度と会ってはくれまい。これは理解に苦しむことだが、共産主義者も、彼らからさんざん迫害されて苦しんだ資産階級の知識人も、こと道徳的な厳しさにかけてはまるで似たりよったりなのだ。

その日の昼、僕は食堂で食事をした。贅沢で財布が一気に軽くなったことをすぐに悔やんだが、町の誰かに声をかけるにはその場所しかなかったのだ。たとえば中絶を受けるための手口に通じている不良に出会うとか、そうしたことがないとは言えなかった。

僕は、鶏肉と唐辛子の炒めものに、ご飯を一膳注文した。そして歯のない老人も敵《かな》わないほど、わざとゆっくり時間をかけて食べた。だが、皿に盛られた肉が減っていくたびに期待は裏切られていった。町の不良たちは僕より貧乏か、あるいはけちで、食堂になどやって来なかったのだ。

二日にわたって産婦人科に近づこうとしたものの、それが無駄骨なのは明らかだった。なんとか相談を持ちかけることができた者が一人いたが、それは病院の夜番だった。三十歳になる元警官で、二人の女の子と寝たために一年前に職権を剥奪されていた。僕はその詰め所に真夜中まで残り、将棋をさしながら互いの女性遍歴を話し合った。男からは、山で再教育中の美人を紹介してくれと頼まれ、それなら任せておけと僕は胸を叩いたが、生理のことで悩んでいる友だちへの手助けは断わられた。「そういう話はやめてくれ」彼はおろおろしながら言った。「その手のことに俺が首を突っこんでいることが病院のうえの連中にばれてみろ、再犯と決めつけられて、一も二もなくムショに直行だ」

三日目の昼頃、僕はついに、産婦人科の扉に近づくことを断念した。だが、山に帰ろうとしたとき、ふと、ある人物のことが頭をよぎった。町の牧師である。

その人のことは名前さえ知らなかった。ただ、僕たちは映画の上映会に来るたび、その長い銀の髪が風になびくのを見るのが好きだったのだ。青いだぶだぶの清掃着姿の牧師は、長い木の柄のついた箒《ほうき》でいつも道を掃いていた。誰もが、五歳の子供でさえ、彼を罵り、ひっぱたき、唾を吐きかけていた。にもかかわらず、この牧師にはどこか高貴なところがあった。彼は二十年前から聖職に就くことを禁じられていた。牧師のことを思うたび、誰かから聞いたこんな話を思い出す。ある日、紅衛兵が彼の家を捜索したところ、枕の下に本が一冊隠してあるのが見つかった。外国語の本だったが、何語で書かれているのか誰にも分からなかった。これは、村の若い連中が『従兄ポンス』を取り囲んだときと似た状況だ。押収された本が北京大学に送られると、やっとそれが、ラテン語で書かれた聖書であることが判明した。このことは牧師に高くついた。それからというもの彼は、雨の日も風の日も、朝から晩まで毎日八時間、いつも同じ一本道の清掃を義務づけられたのだ。いつしかその姿は、町の風景の動く一部になってしまった。

中絶について牧師のところに相談に行くなんて、ばかげた考えにも思えた。小裁縫のおかげで僕は頭がこんがらかっていたのか。そして、はたと気づいた。驚いたことにこの三日間、機械のような動きで道を掃く老人の銀髪を一度も見かけていなかったのだ。

僕はタバコ売りをつかまえ、牧師がお役御免になったのかと尋ねた。

「いいや、かわいそうになあ、もう、いつお迎えが来てもおかしくないんだ」

「何か病気なんですか？」

「癌さ。大きな街に住んでいる二人の息子も帰ってきたよ。県立病院に入院させてる」

僕は駆けだした。理由は分からない。ゆっくり行けばいいものを、息が切れるまで走って町を通り抜けた。丘の頂上にある入院患者用の棟に着くと、一か八か、瀕死の牧師から助言を聞き出す決心をした。

建物に入ると、薬のにおいに加え、掃除の行き届いていない共同便所の悪臭が鼻をつき、息が詰まりそうになった。それに煙や油のにおいもした。まるで戦時中の難民収容所であるかのように、病室は調理場も兼ねていたのだ。寝台と寝台のあいだの床には、鍋、まな板、フライパン、野菜、卵、醤油や酢の瓶、塩。そうしたものが、輸血用のガラス瓶が吊るされた三脚や尿瓶に混じって乱雑に散らばっていた。ちょうど昼食の時間で、患者たちは湯気のたつ鍋に身を乗り出し、箸を突っこんで麺を取りあったり、あるいは熱い油のなかで、じゅうじゅうぱちぱちと音をさせながら卵焼きを作っていた。

この光景に僕は啞然としてしまった。よもや県立病院に食堂がないとは。ただでさえ病気で体が不自由なのに、おまけに、けが人や障害者、手足を失っている者も数人いたにもかかわらず、患者は自分たちで食事を賄《まかな》わなくてはならないのだ。それは上を下への大騒ぎの様相を呈していた。赤、緑、黒と、色とりどりの膏薬《こうやく》をつけたピエロが料理をしているようで、半ばほどけた包帯が、煮立っている鍋から立ちあがる湯気に揺れていた。

危篤の牧師がいた病室は六人部屋だった。四十歳くらいの息子夫婦二組と、涙を浮かべた老婆につき添われ、点滴を受けていた。僕は、石油コンロで食事の支度をしている老婆の脇にそっと潜りこむと、小さく身をかがめた。

「奥さまですか？」僕は尋ねた。

老婆は首を縦に振った。僕は、そのひどく震えている手から卵を受けとり、代わりに割ってあげた。

二人の息子は毛《マオ》の青い上着姿で、ボタンを襟元まで留め、役人のような、そうでなかったら葬儀屋の従業員のような風貌をしていた。だが、古いテープレコーダーを動かすのに夢中になっている姿は、むしろ新聞記者のようだった。機械は錆び、黄色い塗装は完全にはげていて、ギーギーと音をたてていた。

突然、耳をつんざくような甲高い音がテープレコーダーから漏れ、警報ブザーのように鳴り響いた。寝台で食事をしていた同室の患者は一人残らず、茶碗を落としそうになった。

下の息子と思しき男がこのすさまじい雑音をなんとか消し、そのあいだに兄のほうは、牧師の唇にマイクを近づけていた。

「父さん、何か言ってください」長男が泣きついた。

牧師の銀髪はほとんど抜け落ち、その容貌はすっかり変わっていた。骨と皮ばかりになり、ひどく痩せ細っている。皮膚は黄色く、艶を失っていて紙のように薄い。かつてがっしりしていた体は、信じられないくらい、しぼんでいた。毛布のなかで縮こまっていた牧師は、痛みに耐えながら重いまぶたをやっとのことで開いた。まだ息があることを見て、周りの家族は驚き、同時に喜んだ。そしてマイクがふたたび口に近づけられる。テープが回りだすと、長靴でガラスを踏みつけて割ったときのような、軋んだ音がした。

「父さん、がんばってくれ。最後にもう一度、声を録音するよ。孫たちのためなんだよ」息子が言った。「毛《マオ》主席の言葉を復唱してくれればいちばんいいんだ。短い言葉でいい、標語ひとつでも。さあ！　それで子供たちも、おじいさんが反革命分子じゃなくなったことが分かるんだ、考えが変わったんだって！」録音を担当している息子が声を張りあげた。

牧師の唇にかすかな震えが走ったが、声は聞きとれなかった。しばらくつぶやいていたが、言葉の意味は誰にも理解できなかった。老いた妻でさえ途方に暮れ、何を言っているか分からないと打ち明けた。

そして牧師は、ふたたび昏睡状態に陥った。

息子がテープを巻き戻し、一家全員で謎の伝言を聞き返した。

「これはラテン語だ。ラテン語で最後の祈りをしていたんだ」長男が告げた。

「この人らしいわ」老妻が、汗で湿った牧師の額を布で拭いながら言った。

僕は無言で立ちあがり、扉に向かった。偶然にも、白衣を着た産婦人科医が、幽霊のように扉の前を通り過ぎるのに気づいたのだ。タバコの最後の一服を吸いこんで煙を吐き、吸い殻を床に投げ捨て、姿を消す。それがスローモーションのように見えたのだった。

大急ぎで部屋を横切ったが、途中、醤油瓶にぶつかり、床に転がっていた空のフライパンにつまずいた。思わぬ茶々が入ったおかげで廊下に出たときにはすでに遅く、医者はもういなくなっていた。

僕は医者を探して手当たり次第に扉を開け、通りざまにすれ違う人に、誰彼構わずその居場所を問いただした。とうとうある患者が、廊下のつきあたりにある部屋の扉を指さした。

「あそこに入っていくのを見たよ、あの一人部屋に。紅旗の機器工場で働いていた工員が、指を五本とも機械で落としちまったらしい」

部屋に近づくと、扉ごしに男の悲鳴が聞こえてきた。扉をそっと押すと、それはすんなりと、音をたてまいとするかのように開いた。

医者は、寝台に座っているけが人に包帯を巻いていた。患者の首は硬直し、頭をのけぞらせて壁につけている。三十歳くらいの男で、はだけた上半身は筋骨たくましく、日に焼けていて、太い首をしていた。僕は室内に入ると後ろ手に扉を閉めた。包帯は、血まみれの手をやっと一周したところだった。血は白いガーゼからあふれ、大きな粒となって寝台の横の床に置かれたホウロウの容器にしたたり落ちる。そして男のうめき声のなか、狂った柱時計の音に混じって、タッタッと音をたてていた。

前に診察室で見かけたときのように、医者は不眠症を患《わずら》っているかのような疲れた表情をしていた。だが、投げやりといったふうでも、うわの空でもなかった。僕がいることなど気にも留めず、大きなガーゼの束を解いて、男の手に巻いていく。羊皮の上着には目もくれず、急ぎの作業でそれどころではなかった。

僕はポケットからタバコを出して火をつけた。そして寝台に近寄ると、ふてぶてしいとも言えるしぐさで医者の口のなかに、いや、その唇のあいだに持っていった。今やそのタバコこそが、小裁縫の救い主であるかのように。医者は何も言わずに僕を見、包帯を巻く手を休めずに吸いはじめた。僕が別の一本に火をつけて、けが人に差しだすと、彼はそれを右手で受けとった。

「手を貸してくれ。しっかりと強く巻くんだ」ガーゼの端を僕に渡しながら医者は言った。

僕たちは寝台の両側から包帯を引っぱり合った。ひもを使って、二人がかりで荷物を梱包しているようだった。

出血はおさまっていき、けが人のうめき声もやんだ。彼はタバコを床に落とすと、たちまち眠りに落ちた。医者は、麻酔が効いたのだと言った。

「お前は誰だ？」手当てされた患者の手をさらにガーゼでぐるぐる巻きにしながら、医者は僕に尋ねた。

「省の病院で働いていた医者の息子です。と言うか、父はもう、そこで働いていませんが」と僕。

「名前は？」

羅《ルオ》の父親の名を言いたかったが、口から出たのは僕の父親の名だった。これが明かされると、ばつの悪い沈黙が流れた。医者は父を知っているばかりか、その政治的な不遇にも通じている様子だった。

「私に何か用でも？」彼は尋ねた。

「妹のことなんです……困ったことになって……ここ三カ月ばかり、生理のことで悩んでるんです」

「そんなばかな」冷たく言い放つ。

「というのは？」

「お前の父親に娘などいない。出ていけ、この嘘つき野郎！」

医者は声を張りあげることも、扉を指さすこともせずに言った。しかし怒りで血相を変えていて、タバコの吸い殻がいつ顔面に飛んできてもおかしくなかった。

僕は扉に向かって数歩進んだが、恥ずかしさで顔を赤くしながら振り返り、こう言っていた。

「取引をしたいのですが。もし友だちを助けてくれたら、彼女はそのご恩を一生忘れないでしょう。そして僕は先生に、バルザックの本を一冊差しあげます」

医者が受けた衝撃ははかりしれなかった。世界から遠く離れた辺鄙な土地の病院で、指を切断した患者の手に包帯を巻きながら、バルザックの名を耳にするとは。一瞬ためらった後、彼はやっと口を開いた。

「もう一度嘘つきと呼ばせたいのか。お前がバルザックの本を持っているわけがないだろう」

僕はそれに答えず、羊皮の上着を脱いで裏返すと、そこに写してあった文章を見せた。インクは前よりやや薄くなっていたが、まだ読むことはできた。

医者は読むというよりはむしろ鑑定をはじめ、タバコの箱を出すと、僕に一本差しだした。そして吸いながら、文章に目を通した。

「この翻訳は傅雷《フーレイ》だな、文体で分かる。かわいそうに、お前の父さんと同じ人民の敵だ」医者はつぶやいた。

この言葉を聞くと、目に涙があふれてきた。どうにもこらえようがなかった。僕はガキのように泣きじゃくった。思うにその涙は、小裁縫や、成就した使命のために流れたのではなく、会ったことのないバルザックの翻訳者への涙だった。それはおそらく、この世で知識人というものに捧げることのできるなによりの敬意であり、なによりの賛辞だったろう。

このときの感動は僕自身驚くほどで、おかげでその後に起きた多くのことが記憶から消し飛んでしまった。文学好きで、多くの科を兼任していた医者は、一週間後の木曜に日を定め、その日、額に白いリボンをつけて三十歳の女性を装った小裁縫は手術室に入っていった。彼女を妊娠させた張本人である羅《ルオ》はまだ山に戻っておらず、代わりに僕が、廊下に三時間腰をかけて待機し、扉の向こうから聞こえてくる音に耳をすましていた。くぐもった遠くのかすかな音、蛇口から流れる水の音、知らない女性の金切り声、看護婦の聞きとれない言葉、駆けていく足音……。

処置はうまくいった。許可が出て手術室に入ると、産婦人科医は、石灰のにおいが充満した部屋で僕を待っていた。奥の寝台に座った小裁縫は、看護婦に手伝ってもらいながら服を着ているところだった。

「女の子だったよ、知りたいならな」医師が耳打ちした。

そしてマッチを擦るとタバコを吸いはじめた。

僕は取り決めどおり、『ユルシュール・ミルエ』を医師に贈呈したが、それに加えて、あの頃の愛読書だった『ジャン・クリストフ』も差しだした。それも傅雷氏の翻訳だった。

手術を終えたばかりで足どりは危うかったが、病院を出るときの小裁縫は、先に終身刑だと脅されていた被疑者が、無実を知らされて法廷を後にするときのような安堵《あんど》の表情を浮かべていた。

小裁縫は宿で休もうとはせず、二日前に牧師が葬られた墓地に行くと言い張った。いわく僕を病院に導き、見えざる手で産婦人科医との出会いを演出したのは他でもない、あの牧師だと言うのだ。僕たちは有り金をはたいて蜜柑《みかん》を一キロ買うと、セメント製のしみったれた、さえない墓石に供えた。残念なことに、僕たちにはラテン語の知識がなかった。もし知っていたら、牧師がいまわの際《きわ》に神への祈りを捧げるため、でなければ、道の清掃夫として過ごした人生を呪うために使った言葉で、弔辞を述べることができたのだが。ラテン語を勉強し、その言葉で話しかけるためにいつか戻ってきたかったが、それを墓前で誓うことはためらわれた。僕たちはしばらく話し合った後、その誓いを立てないことに決めた。どこに教科書があるか分からなかったし（もう一度、今度はメガネの実家に空き巣に入る必要があったろう）、特に先生を見つけることは不可能だった。僕たちの周りの中国人でラテン語を知っているのは、その牧師だけだったのだから。

墓石に刻まれていたのは名前と二つの年号だけで、故人の生涯や、宗教家としての職務については何も記されていなかった。薄汚い、赤いペンキで十字架が描かれているだけで、これでは生前彼が、薬剤師か医者であったみたいだ。

僕たちはこう誓いを立てた。もし、いつかお金持ちになって、そして宗教が禁止でなくなったら、ここに戻ってきて墓の上に記念碑を建てますと。色のついたレリーフには銀の髪の男が彫られ、キリストのように茨《いばら》の冠をいただいているが、腕は十字になっていない。手のひらも釘づけにはされておらず、代わりに、長い柄のついた箒を握っていることだろう。

それから小裁縫は、禁じられて門を閉ざしていた仏教の寺院を詣《もう》でたがった。天が授けてくれたお慈悲に感謝するため、囲い越しにお札を投げ入れたかったのだ。しかし僕たちにはもう、お金が一銭も残っていなかった。

というわけで、この物語の最後の場面をお話しすることにしよう。ある冬の日の晩、六本のマッチを擦る音に、耳をすましていただこう。

あれは小裁縫の中絶から三ヵ月後のことだった。闇のなか、消え入りそうな風のささやきと、豚小屋からの物音が伝わってくる。羅《ルオ》が山に戻ってから三ヵ月が過ぎていた。

✧

あたりには凍てつくにおいが漂っていた。そこにマッチを擦る乾いた音が寒々と響く。高床式の家の暗い影は、数メートル向こうでじっと動かなかったが、黄色い光にかき乱されると、夜の帳《とばり》のなかでぶるぶると震えた。

マッチは途中で消えかかり、黒い煙のなかで窒息しそうになった。なんとか息を吹きかえすと、家の前の地面に横たわっている『ゴリオ爺さん』によろめきながら近づいていく。本の頁は火に舐められて捻《ねじ》れ、互いに抱き合うように丸まった。すると言葉は、われさきにと外の世界に飛び出していく。あのかわいそうなフランス娘はこの火事で夢遊から目覚め、逃げ出そうとしたが、もう遅かった。愛する従兄と相まみえたときには、金の亡者や求婚者たちと一緒にすでに炎に飲みこまれていた。百万の遺産も、すべてが煙と消えた。
ついで三本のマッチが、『従兄ポンス』、『シャベール大佐』、『ウジェニー・グランデ』の火刑台に同時に火をつけた。五本目に追いすがられたカジモドは、骨ばって歪《いびつ》な体を引きずり、エスメラルダを背に、『ノートル＝ダム・ド・パリ』の石畳に逃げた。六本目が襲いかかったのは『ボヴァリー夫人』だった。しかし炎は、己の狂気のただなかにあって我を取り戻し、急に足踏みをした。怒りの渦中にあっても選《え》り好みをするこのマッチは、エマがルーアンのホテルの一室で若い恋人にまとわりつかれ、寝台でタバコをふかしながら「どうせ私を捨てるんでしょ……」とつぶやく頁からはじめるのではなく、本の終わりから手をつけることにした。彼女の死の間際に、盲人の歌が聞こえてくる場面だ。

さわやかな晴れた日にはよく
乙女は恋を夢に見る

ヴァイオリンが葬送曲を奏《かな》ではじめると、一陣の風が、炎に包まれた本にいきなり吹きつけた。まだ新しいエマの灰が舞いあがり、荼毘《だび》にふされた故郷の人たちのそれに混じって、ふわりふわりと天に昇っていく。

灰まみれの弓毛が、火に照らされて輝く金属の弦を滑る。ヴァイオリンの音は僕が奏でているもの。ヴァイオリン弾き、それは僕だった。

放火魔にして偉大なる歯科医の息子、手をついて危険な崖道を進んでいったロマンチックな恋人にして、バルザックを心から崇拝していた羅《ルオ》は今、酒に酔っていた。しゃがみこんで火をじっと見つめ、炎のなか、かつて僕たちの心の宝だった言葉や存在が踊り、灰燼《かいじん》に帰そうとしているさまに魅せられ、心を奪われていた。羅《ルオ》は泣いているかと思えば、大声で笑っていた。

この生贄の儀式に居合わせた者はいなかった。村人たちはヴァイオリンの音に慣れていたし、ぬくぬくした寝台から出てくるはずがない。僕たちは、あの粉ひきの老人を呼ぼうと思っていた。火あぶりに加わってもらい、腹の、細かい無数の皺をうねらせながら、三弦の楽器で卑猥な昔の節回しを歌ってもらいたかったのだ。しかし老人は病気だった。二日前に訪ねたとき、流感にやられていた。

火あぶりの刑は続いた。かつて、海に囲まれた城の独房から逃げおおせたモンテ・クリスト伯も、羅《ルオ》の狂気には屈するよりほかになかった。男も女も、メガネの旅行鞄に住みついていた者のなかで、この惨事を逃れた者は一人もいなかった。

このときなら、たとえ村長が目の前にぬっと現われても、怖くもなんともなかっただろう。僕たちは酔った勢いで、彼を生きながらに焼いてしまったかもしれない。村長もまた、文学作品の登場人物であったかのようにだ。

とにかく僕たち二人のほかには誰もいなかった。小裁縫は出ていってしまったし、もう会いになど戻ってこないだろうから。

あの唐突で素早い旅立ちには本当に虚をつかれた。

あまりの衝撃に記憶も薄れ、僕たちはやっとのことで、いくつかの予兆めいたことを思い出した。だいたいは衣服がらみのことで、それが、運命の一撃が準備されていたことを暗に物語っていたのだった。

二カ月ほど前に羅《ルオ》は、小裁縫が『ボヴァリー夫人』の挿画をもとに、ブラジャーを作っていると話していた。僕は、それは鳳凰山初の女性用下着として、この土地の年代記に記録されるにふさわしいと指摘した。

「最近、あの子さ、なんとしてでも街の女の子みたいになろうとしてるんだ。今じゃ話すとき、俺たちのしゃべり方をまねしてるから聞いててみな」羅《ルオ》はそう言っていた。

小裁縫がブラジャーを作ったのは、若い娘の単なるおしゃれ心からだと僕たちは考えていた。それはいいとしても、彼女の衣裳に加わった二つの新奇なものを見過ごしていたのは、まったくの不覚と言ってよかった。それはともに、山では何の役にもたたないものだったからだ。小裁縫はまず、僕が粉ひきの老人を訪ねたときに一度だけ着た、袖に三つの小さな金ボタンがついている毛《マオ》の青い上着を引っぱりだした。そして丈を短くすると、女性用の上着に仕立て直してしまった。四つのポケットと小さな襟がついて、男ものの名残りを留めているその上着は見事な出来映えだったが、そんな服をあの頃に着ることができたのは、大都会で暮らしている女性だけだった。さらに父親にねだって、栄経の店で白いテニスシューズを一足買ってもらっていた。汚れひとつない純白の靴だったが、そんな色など、泥まみれの山では三日も保《も》たないものだった。

それに、あの年の元旦のことも覚えている。その日は国の休日で、お祭り騒ぎはなかった（中国では旧暦の正月である春節がお祭になる）。羅《ルオ》と僕はいつものように小裁縫の家に行った。僕ははじめ、そこにいるのが小裁縫には見えなかった。家に入ったときは、街の女子高校生が来ているのかと思ったほどだ。いつもの、ひとつに編んで赤いリボンで結っていた長い髪は、耳で揃えたショートカットになっていて、それはそれで美しかった。今風の若い娘の美しさだ。小裁縫は毛《マオ》の上着の手直しを終えようとしていた。羅《ルオ》は、予想だにしなかったこの変身を喜んだ。手放しの歓喜は、仕上がったばかりの見事な作品を彼女が試着したとき、頂点に達した。飾り気のない男ものの上着と新しい髪型、そして地味な上履きに代わった真っ白なテニスシューズによって、小裁縫は妙に艶《なま》めかしく、おしゃれな装いとなり、それは少しぎこちなかった美しい田舎娘の死を告げていた。こんなふうに変身した彼女を見て、羅《ルオ》は完成した作品を眺める芸術家のような幸せに浸っていた。彼は僕に耳打ちをした。

「何カ月も本を読んで聞かせたのも、無駄じゃなかったってわけだ」

羅《ルオ》のこの言葉にはすでに、小裁縫の変身、つまりバルザックによる再教育が完了したことを知らせる鐘が鳴り響いていた。だが、警戒を呼びかけるほどでもなかった。僕たちは自画自賛の惰眠《だみん》をむさぼっていたのだろうか。愛の力というものを過信していたのか、あるいは単に、彼女に読んで聞かせた小説の本質をつかみ損ねていたのだろうか。

二月のある朝、火あぶりの刑を執行した狂った晩の前日のこと、羅《ルオ》と僕はそれぞれ水牛を使い、新しく稲田するトウモロコシ畑を耕していた。十時頃、村人たちに大声で呼ばれ、仕事を中断して高床式の家に帰ると、仕立屋の老人が僕たちを待っていた。仕立屋がミシンもなく現われたことが、すでに悪い前ぶれのように思えた。向かい合うと、顔に刻まれた皺は前よりも増えており、頬骨は突き出ていかつく、髪はぼさぼさで、ぞっとするほどだった。

「今朝、娘が出ていった。夜が明けるとすぐに」老人は言った。

「出ていった？　どういうことです」羅《ルオ》は尋ねた。

「わしにも分からん。だが、とにかく出ていってしまったんだ」

いわく小裁縫は、長期の旅行をするために必要な書類や証明書を、公社の革命委員会から密かに手に入れていた。彼女が生活を変えたい、都会で運を試したいという気持ちを告げたのは、つい昨日のことだった。

「そのことを、君たち二人には知らせたのかと聞くと、娘は首を横に振って、どこかに落ち着き次第、君たちに手紙を書くつもりだと言っていた」仕立屋はそう続けた。

「出ていくのを止めなかったんですか」羅《ルオ》の声は弱々しく、聞きとれないほどだった。

彼は呆気にとられていた。

「どうしようもなかった。出ていくなら、二度と家の敷居をまたがせないぞ、とも言ったんだ」疲れ果てた様子の老人が答えた。

すると羅《ルオ》は険しい山道に飛び出し、小裁縫に追いつこうと、たがが外れたように死にもの狂いで走りだした。最初は僕も岩場を通って近道をし、すぐ後を追っていった。

その光景は、いつかの僕の夢に似ていた。小裁縫が、あの危険な道の絶壁に落ちてしまう夢だ。羅《ルオ》と僕は、道なき渓谷を駆けぬけ、落ちてばらばらになることなど一顧だにせず、岩壁を滑り降りた。そのあいだ僕は、自分が前に見た夢のなかで走っているのか、現実に走っているのかはっきりしなくなっていた。でなければ、夢を見ながら走っているかだ。ほとんどの岩は暗い灰色をしていて、濡れて滑りやすい苔に覆われていた。

僕はだんだん羅《ルオ》に引き離されていった。走り、岩を飛び越え、石から石へ跳び移ると、かつての夢の結末が、細かいところまで鮮明によみがえってきた。目に見えぬ、赤いくちばしのカラスが空をぐるぐると旋回し、その不吉な鳴き声が頭に鳴り響く。岩の下に横たわる小裁縫の死体が、今にも見つかりそうだった。頭は腹にめりこみ、血の気を失った二筋の深い傷は、きれいな形の額まで届いている。足を動かしていると頭が混乱してきた。なんでまた僕は、こんな危険なところを走っているのだろう。羅《ルオ》への友情？　その恋人への愛情？　あるいは一人の観客として、物語の結末を見逃したくなかったからだろうか。理由は分からないが、とにかく道中、前に見た夢の記憶がつきまとって離れなかった。片方の靴は裂けてしまった。

三時間から四時間、疾走、駆足、速足、並足、滑って転んで転落までした末、ついに小裁縫の姿が見えたときには、かつての悪夢の呪縛が解かれたことが分かり、胸をなでおろした。彼女は、こぶのような形をしている墓石の、突き出たところに腰かけていた。

僕は歩をゆるめ、道の端の地面に倒れこんだ。疲れ果て、空腹で腹が鳴り、軽いめまいに襲われていた。

あたりの風景には見覚えがあった。数ヵ月前、ちょうどメガネの母親と出会った場所だった。

小裁縫がそこで休憩してくれたのは幸いだった。おそらく通りがけに、母方の先祖にお別れを言いたかったのだろう。ありがたいことにそのおかげで、心臓が破裂するか気が狂う前に、やっと走るのをやめることができたのだ。

僕は彼女から十メートルくらい離れた高みにいたが、その場所では、二人の様子を上から眺めることができた。再会の場面は、近づいてくる羅《ルオ》のほうを小裁縫が振り向くところからはじまった。羅《ルオ》も僕と同じく、力尽きて地面に倒れこんだ。

しかし僕は自分の目を疑った。二人は静止画のように、ぴくりとも動かないのだ。ショートカットに白い靴、男ものの上着を着た娘は、石の上に座ってじっとしたまま。若い男のほうは地面に転がって、空の雲を眺めている。二人が話しているようには見えなかった。少なくとも声は聞こえてこない。僕が期待していたのはもっと激しい場面だったのかもしれない。怒鳴り、責め合い、釈明し、泣き、罵るといったような。だが、何ひとつ起こらなかった。沈黙。二人は石像になってしまったかのようだが、羅《ルオ》の口からはタバコの煙が出ていた。

こうした状況では、怒りも沈黙も結局は同じことになる。その二通りの非難の仕方は効果が異なるので比較するのは難しいが、羅《ルオ》は戦略を誤ったようだ。あるいは、言葉の無力さを、あまりに早く認めてしまったのか。

突き出た岩の下で、僕は木の枝と枯れ葉を使って火を熾した。そして持ってきた小さな袋からサツマイモをいくつか出して、灰のなかに埋めた。

僕は密かに、そして初めて、小裁縫に腹をたてた。僕の立場は観客以上のものではなかったが、羅《ルオ》に負けないくらい裏切られたような気がしていたのだ。山を出ていってしまうからではない。そうではなく、そのことを僕に知らせてくれなかったからだ。これでは中絶のために二人が協力したことなど、すっかり記憶から消えてしまったと言わんばかりではないか。僕などは、これまでもこれからも、単なる〝恋人の友だち〟でしかないのだと。

僕は煙る灰のなかのサツマイモを枝の先で突き刺し、軽く叩くと、息を吹きかけて土や灰を落とした。そのとき突然、下からぼそぼそと話す声が聞こえてきた。二体の彫像がついに口を開いたのだ。二人はとても静かに話していたが、声にはいらだちが混じっていた。バルザックの名前がかすかに聞こえたが、それがこの話と何の関係があるのかと僕は思った。

沈黙が破られたことを喜んでいると、静止画はすぐに動きはじめた。立ちあがる羅《ルオ》、岩からぱっと降りる小裁縫。しかし彼女は、嘆き悲しむ恋人の腕に飛びこむのではなく、風呂敷包みを取ると彼のもとから立ち去った。その足どりに迷いはなかった。

「待ってよ」サツマイモを振りかざしながら僕は叫んだ。「こっちに来てイモを食べなよ！　せっかく君のために作ったんだからさ」

僕の呼びかけに彼女は山道を駆けだし、二度目の呼びかけにさらに遠くに走り去り、三度目には、一瞬たりとも羽を休めずに飛びたつ鳥に変身し、どんどん小さくなって消えてしまった。

羅《ルオ》は、火のそばにいた僕のところにやって来た。不平も不満も漏らさず、青ざめた顔で腰をおろした。それが狂気の火あぶりに先だつ数時間前のことだ。

「行っちゃったよ」と僕。

「都会に行きたいんだってさ、バルザックのことを話してた」と羅《ルオ》。

「どういうこと？」

「バルザックのおかげで分かったそうだ。女性の美しさは、値のつけようのない宝だってことが」

解説、および著者へのインタビュー

新島進

「とにかくこの本を読んでください！　でなければ今晩この番組をやった意味がない！」——二〇〇〇年一月、今はなきフランスの老舗文化番組〈ブイヨン・ド・キュルチュール〉のスタジオで、名物司会者ベルナール・ピヴォは、一冊の新刊小説を手にこう気勢をあげました。当夜のテーマは「ベストセラーの作り方」。ピヴォ氏の見立てどおり、やがて本はフランス国内で四十万部を越すベストセラーとなり（二〇〇二年二月現在）、クラブメッド国際文学賞ほか数々の賞を受賞、さらに世界三十カ国で翻訳されるという華々しい成功をおさめます。著者はフランス在住の中国人映画監督ダイ・シージエ、彼がフランス語で書いた小説、それがここにお届けする『バルザックと小さな中国のお針子』です。

舞台はプロレタリア文化大革命（一九六六〜七六年）、すなわち〝文革〟に揺れる中国です。これは当時の中国の指導者、毛沢東が、夢の共産国家建設のため、あるいは自らの権力を維持するために、政敵や知識人、資産家らの一掃を目指した血なまぐさい運動でした。中国の学生たちはほじめ、この革命を熱烈に支持し、〝紅衛兵〟となって旧文化の徹底した破壊を行ないます。しかし、その活動が手に負えなくなると、毛《マオ》は彼らを各地の農村に送り、〝再教育〟と称して過酷な農作業に従事させます。

物語の主人公は幼なじみの青年二人。ともに親が医師――つまり資産階級の知識人――だった彼らは、この再教育プログラムのとばっちりを受け、中学の勉強もろくに終えないうちから、とんでもない僻地にある山に送られてしまいます。都会で育った二人にとって山里の貧村は異世界さながら。村人たちはヴァイオリンが何の道具か分からず、目覚まし時計に神託をうかがい、映画を観たことがない始末です。そんな未開の地で学問も許されず、きつい肉体労働の日々を送るうち、二人は美しい田舎娘、仕立屋の娘と出会います。そしてある日、文革によって厳しい取り締まりを受けていた禁断の品が彼らの心を虜にすると、それが三人の運命を大きく変えていくことになり……。書物が禁じられ、無数の芸術家・知識人が命を落とした暗い世相を背景としつつ、しかし作品は朗らかなユーモアに満ち、魅力的な脇役たち、映画を観ているような小気味よいテンポと相まって、痛快な青春小説になっています。

著者の戴思杰《ダイ・シージェ》――より中国語に近く発音すればダイ・スージェ――は一九五四年、中国福建省の生まれです。四川省の成都に移り住んで十二歳の頃に文革を迎えますが、小説でも語られているように両親がともに医師であったため、一家は人民の敵とされて辛酸をなめました。十七歳で山に送られ、およそ三年間の〝再教育〟を強いられます。農村から解放された後は高校で働き、文革が終息すると、大学に入学して美術史を専攻。やがて国の給費学生として海外留学の機会を手にし、一九八四年、フランスに渡ります。

　パリでも美術史の勉強を続けていましたが、この異国ではひとつの転機が待っていました。ある日、怪しげな名前につられて入った〈シネ・クラブ〉でルイス・ブニュエルの映画と出会い、衝撃を受けるのです。短篇映画を自主製作した後、パリの映画学校《イデック》へ入学。八九年の長篇第一作《中国、わがいたみ》はカンヌ映画祭監督週間に上映され、その年の新人監督賞〈ジャン・ヴィゴ賞〉を獲得します。この映画の舞台は中国の山中ですが、母国での撮影許可がおりなかったため、ロケはピレネーで行なわれました。長篇には他に《月を呑む人》（一九九四年）、《第十一子》（一九九八年）があります。ダイ氏は、やはり若い頃に文革を経験したチェン・カイコー（陳凱歌）やチャン・イーモウ（張藝謀）らと同世代ですが、本人は、こうした中国第五世代映画監督とは距離感を感じているとのこと。また、フランス映画よりもイタリアや日本の映画——なかでも新藤兼人監督の《裸の島》など——が好みで、何度か来日もしており、柳町光男監督、ジョン・ローン主演《チャイナシャドー》（一九九〇年）のシナリオに協力しています。

映画監督としてキャリアを積んでいたダイ氏でしたが、バルザック生誕二百周年が明けた二〇〇〇年一月、今度は小説を、それも母国語ではないフランス語で書きあげて作家デビューを果たします。フランスに来てから十五年ほどが経っていました。仏国外まで波及した読書界への反響は冒頭に記したとおりですが、やはりピヴォ氏の番組を見た映画プロデューサーも、本を読みおえるや翌日早々出版社に駆けこみ、映画化の交渉に臨んだそうです。著者本人が監督した映画版はすでに撮影も終了し、今は公開を待つばかり。日本では、渋谷 Bunkamura ル・シネマでの上映が予定されています。

さて、この作品は文革中の体験を元にしながらも、それによって失われた青春時代への恨み辛みを書き殴ったものではありません。やはり文革時代を描いた映画《中国、わがいたみ》も同様でしたが、消しがたいいたみを背負いつつも、ダイ氏の創作の原動力が文革という過去の精算ではないことは、本作でさらに明確になっているでしょう。ちなみに《中国、わがいたみ》は山の収容所――映画の中国題である《牛棚》――に送られた十三歳の少年、メガネの物語です。本書のプロトタイプともいうべき作品で、半円筒形の桶で堆肥を運ぶ逸話や、《モーツアルトが毛主席を偲んで》をオカリナで演奏する青年も登場します。

著者自身は本書のテーマについてこう語っています――「私にとっては文学の発見や、

（思想統制下での）想像力への精神の解放がより大きな問題なのです」（《テレラマ》二〇〇一年八月十八日号）。確かにこの作品は、人と本との関わりをさまざまな形で見せてくれます。まずは本の禁止です。そもそも中国の知識人たちは文革以前、西欧の文学や音楽にたいへん親しんでいました。たとえば中国系フランス人作家のフランソワ・チェンはこう語っています――「日中戦争の折、沿海地方が日本軍に占領されたため、私の家族は四川省に逃げました。（中略）爆撃のあいだは授業がなくなるのですが、すると山の中腹の洞穴に避難して、そこで読書をしたものです。こうして警報が鳴り響くなか、私は野外でアンドレ・ジッドやロマン・ロランを発見したんです」（《ル・ヌーヴェル・オプセルヴァトゥール》二〇〇二年一月十七日号）。あるいはユン・チアンの『ワイルド・スワン』でも、文革中、スタンダールの『赤と黒』が艶書として人気を集め、闇市で高く取引きされていたという話が紹介されています。私は本書で描かれる紅衛兵の破壊活動に、本が禁じられた世界を描く、レイ・ブラッドベリの『華氏四五一度』という小説を思い出さずにはいられませんでした。フランソワ・トリュフォーが撮ったその映画版は、文革が本格化した六六年の作品で、同映画で最初に炎の餌食になるのも『ドン・キホーテ』、つまり本書で羅《ルオ》の叔母さんが、紅衛兵に没収されて焼かれてしまった本でした。当時の中国が、デストピア小説並みの暗澹たる世界だったことをこの物語は改めて教えてくれます。

本書はまた――絶妙なタイトルがよく示すように――本を介した人と人との意外な出会

いを描いています。〝僕〟たちが最初に手にする西欧の本、バルザックの『ユルシュール・ミルエ』（一八四一年）は、老人の遺産をめぐるいざこざや、私生児ユルシュールと貧乏貴族との純愛が語られている小説です（なおダイ氏の物語に登場する他のバルザック作品、『従兄ポンス』に出てくるドイツ人音楽家はユルシュールのピアノの先生です。またユルシュールの恋人は『ゴリオ爺さん』や『幻滅』の主人公たちと友人関係にあります）。この作品では千里眼や夢に現われる幽霊、天罰といった超自然的な現象が大きな役割を演じるのですが、超常現象にまで高められたこうした人間精神、その時と空間を超える力は、本がもつ神秘的な力と一脈通じるところがあるように思えます。本に時空を超える力があるからこそ、十九世紀のフランス人作家の精神――幽霊――が中国の村娘の心を揺さぶるといった奇蹟も起こるわけです。数あるバルザック作品のなかで、一般にはさほど知られてはいない『ユルシュール・ミルエ』が主人公たちの最初の本に選ばれているのも、こうしたところに理由があるのかもしれません。

さらに本は、人の心に麻薬じみた快楽と毒をそそぎこみます。毛沢東は「本は読めば読むほどバカになる」と虚言を弄して知識人を嫌ったそうですが、確かにある種の読書は危険の香りをはらむでしょう。やはり本書で名前が挙がる一冊、フロベールの『ボヴァリー夫人』。ボヴァリー夫人ことエマが貪り読んだ本という毒は、ダイ氏の物語でもその力を発揮していきます。

しかし強い影響力や神秘的な力をいうなら、今ではテレビやインターネットのほうが、はるかに度を超した、魔法じみたことをします。著者自身も映画の道に進んだ人物です。そうした意味では読書、そして禁じられた本をこっそり読むという行為は、今や味わうことがますます稀になっている愉しみということになります。著者は昔を懐かしむようにこう語っています――「（再教育を受けていた）山を後で訪れてみたことがあるのですが、今ではあの村にテレビがあるんですよ。（中略）ですから以前と違い、もう私たちのような語り部が、観てきた映画を再現して語って聞かせる必要もありません。（中略）私たちの世代の人間は、本によって人の人生は変わると強く信じていたものでした」（《ル・フィガロ・リテレール》二〇〇〇年一月二十日号）。村人たちに『モンテ・クリスト伯』を九晩かけて語ったことは、ダイ氏の体験に即した実話とのこと。その名ぜりふ「待て、希望をもて」は、文革というもうひとつの牢獄に閉じこめられていたダイ氏とその友をおおいに励ましたはずです。

本書は著者がフランス在住の中国人で、母国語ではない言葉で書かれています。ただし外国人居住者が多く、昔から世界中の芸術家が集ったフランス、パリですから、異文化を出自にもつ仏語作家は無数におり、むしろそうした書き手がこの国の文学の一翼を担っていると言っても過言ではありません。

近年はダイ氏のほかにも中国出身の作家がおおいに活躍しています。まず名前が浮かぶのは、二〇〇〇年にノーベル文学賞を受賞したガオ・シンジエン（高行健）ではないでしょうか。ガオ氏の主著は中国語で書かれているため仏語作家と呼ぶには留保が必要ですが、フランスを拠点に活動し、すでに帰化もしているフランス人です。先に名前を挙げたフランソワ・チェンは一九四九年に渡仏してきた古参で、やはりフランス国籍を取得、大学で教鞭をとるかたわら多彩な執筆活動を行なっています。フランス語で書かれた新作『永遠も長くはない』は、明の末期を舞台に、一人の女性への愛を通して宇宙の摂理を見出した道教の僧の物語です。作中、布教に訪れたヨーロッパの宣教師が、キリスト教における愛を僧に説く挿話があり、東西文化が交錯するこの作家の内部世界をかいま見ることができます。そして私が今もっとも注目している作家に、パリ在住の中国人女性作家シャン・サ（山颯）がいます。七二年生まれの若手で、第二次天安門事件を経験した後、フランスにやって来ました。これまでに仏語で書かれた三つの小説があり、とりわけ昨年発表された『碁を打つ女』は、硬質な文体と、碁の対局を小説の語りに昇華させたような緻密な構成で、驚くべき完成度に達している作品でした。日中戦争さなかの満州国を舞台に、現地の少女と日本人将校との悲しい恋が描かれています（〈高校生が選ぶゴンクール賞〉を受賞、邦訳が早川書房より刊行予定）。彼女は十代のはじめには母国で詩集を出版していたという天才肌の詩人、作家であり、これからが非常に期待されます。

西欧的な近代化を拒絶した毛沢東の夢想は潰え、今、西の文化を吸収した多くの東アジア諸国はその先の展望を模索し、また西欧は西欧で自らの近代というシステムから脱却しようとしています。人や情報の流れはますます拡大し、多くの問題を抱えながらも世界は混成主体文化《クレオール》へじわじわと移行しているように見えます。おそらく近年の越境作家たちの活躍は、こうした大きな流れと無縁ではないでしょう。そのなかで本書はまず、偉大なる過去の西欧文学への讃歌として、そして〝本〟や〝小説〟というかつて隆盛をみた媒体への温かいまなざしで、文革の向こうにあったひとつの大きな時代へのオマージュになっています。しかし本であれ映画であれ、また、洋の東西を問わず、人はつねに優れた語り部の物語に飢え、想像力で心を満たそうとするものです。ダイ・シージエ氏は、万人に通じるおかしさ、誰もが心にしまっている青春の思い出、そして本を読む楽しみを、自らの口頭映画で存分に語りかけています。

今後の著者の予定ですが、近々、次回作の映画《植物学者の娘たち》の撮影に入り、また、小説の分野ではフランスにやって来た中国人の物語を準備しているとのことです。なお訳者は先日、パリでダイ氏とお会いする機会をもちました。待ち合わせはモンパルナスのカフェで、偶然か必然か、ロダンの有名なバルザック像が立っている界隈でした。お忙しいなか貴重な時間を割いていただきましたが、あたたかい笑顔を絶やさない方で、再教育中の逸話を語ってくれたときの柔和な目——その向こうに、本書に登場する鳳凰山を眺めているような——が強く印象に残っています。以下、このときに行なったインタビューの一部をご紹介します。

——現在フランスでは、ダイさんのほかにも中国出身の作家が活躍し、アメリカでもハ・ジン（英語で書かれた『待ち暮らし』で一九九九年の全米図書賞を受賞）などが高い評価をえています。このように海外に住み、その国の言葉で本を書いて成功をおさめている中国人作家が少なくないわけですが、こうした傾向についてどう思われますか？

私はそれを傾向だとは思いませんね。そもそも、ほとんどの中国人作家は中国にいて中国語で小説を書いているわけですし、海外に住む中国人でも中国語で書いている人がいます。もちろん、ある種の本を中国で発表するのが難しいという事情はあります。ですが、私のように長年海外に住んで、その土地との結びつきができると、いつか、その国の言葉で書いてみたいという気持ちになるものです。そういうときがくるものだと私は思います。大それたことを書くわけではなく、自分の感情を分かりやすく表現していくなら、母国語でない言葉でもできるはずです。

――『バルザックと小さな中国のお針子』は中国本土で出版されませんが（台湾では翻訳準備中）、それはダイさんにとって残念なことですか？

もちろんです……もちろん。映画については中国国内で撮影をする許可が、私の作品としては今回はじめておりました。でも、中国国内では上映されません。矛盾しているんです。中国で撮影ができたことについては、それなりに満足しています。いくぶん報われたような、和解できたような感じがしています。しかし完全にというわけではありません。本は出版されませんし、映画も封切られないのですから。ただ中国には海賊版のカセットがあるので、皆が望めば、誰でも観ることができます。もちろん違法ですし、画像の質も悪いでしょうが、何もないよりマシでしょう。

――映画の撮影は順調でしたか？

事故などがなかったという意味ではそうですね。ただ撮影というものには、つねに困難がつきまといます。特に今回は山での撮影でしたからたいへんでした。よかったことは、チャン・イーモウ（張藝謀）のもとで長く仕事をしていた優秀な中国人スタッフが集まってくれたことです。これまでの映画では中国人ではないスタッフがほとんどで、その場合、やはりコミュニケーションの仕方が違ってきます。その点、彼らと仕事ができたことはとても感動的でした。フランス人のスタッフとも仲良くなって、いいチームになっていましたよ。

――ダイさんにとって小説を書くことと映画を撮ることは異なる作業ですか？

語りの方法からしてずいぶん違います。また小説を書くのは、使う言葉が母国語でなくとも、たいへん楽しいものです。商業的な心配をあまりしなくてすむんですよ。映画のときのように、それが撮影可能かどうかを考える必要もありません。それに対して映画の場合はとてもプレッシャーがかかりますし、ときに、監督である私が思いもよらないこと、制御できないことが起こります。しかしそれが奇蹟のような結果を生むこともあって、それは映画の面白いところです。

ただ小説でも映画でも、とにかく私は物語を語ることが好きなのです。小さい頃からよく物語を語っていましたし、下放されていたときもそうです。その頃は他人が作った話でしたが、今はそれが自分で作った話になったというわけです。

――一九八九年に第二次天安門事件が起こったとき、ダイさんは何をされていましたか？

皆と一緒にパリの街頭でデモをしていました。あれは中国の歴史のなかで、とても大きな出来事だったと思います。最後は悲劇に……虐殺に終わりましたが、あのときから中国は、そして中国人の考えは大きく変わったと思います。

――フランスの国籍を取得したいと考えていますか？

申請などはまだしていません。私にとってフランスに帰化することの利点は、自由に旅行ができるようになることです。しかし国籍を変えるというのは重大なことです。以前は、もしフランス語でなに不自由なくものを書けるようになったら、申請をしようと思っていました。この小説を書いたのも、この国の言葉で物語をうまく語ることができるか確かめてみたかったのです。フランスの国籍をとれば、映画の仕事の面でも便利になることはあるのですが、まだ躊躇するところもあって、決断はしていません。

（二〇〇二年二月八日　パリにて）

公開が待たれる映画の配役を紹介しておきましょう。注目の〝小裁縫〟には《ふたりの人魚》（ロウ・イエ監督）の人気女優ジョウ・シュン（周迅）。仕立屋――映画版では小裁縫の父ではなく祖父――にはツォン・チーチュン（叢志軍）。ダイ氏は、ツォンが出演した《鬼子來了》（《鬼が来た！》のタイトルで、日本でも近日公開予定）の監督チアン・ウェン（姜文）を、現在もっとも優れた中国人監督と絶賛しています。羅《ルオ》――本書のなかで彼のフルネームは三文字と記されていますが、映画では「羅明」となりました――役にはチェン・コン（陳坤）、そして〝僕〟（馬剣鈴）を演じるのはリィウ・イェ（劉燁）。《山の郵便配達》（フォ・ジェンチイ監督）を観たダイ氏は映画の素晴らしさと同時に、郵便配達の息子役だったリィウの演技におおいに感心し、本書の映画化に際して起用したとのことです。

最後に訳出について一言。訳者は中国語を知らないため、不明な漢字表記はダイ氏に直接教えを請いました。ただし平明な仏語原文の調子を活かすためにも、過度の中国語化は控えていることをお断わりしておきます。また、ダイ氏の文学作品に関する記述は、バルザックやデュマなどの原作と異なる場合がありますが、著者の読書の記憶を尊重し、註などは入れていません。なお本書の邦題は日本での映画公開等の事情で現在のものとなりましたが、原題にある la Petite Tailleuse は〝仕立屋の娘さん〟、つまりヒロインの愛称〝小裁縫〟を仏語化したものです。

本書の刊行まで私を導いてくださった多くの方々、ご多忙のなか笑顔でインタビューに応じてくださったダイ・シージエ氏、そして早川書房の鹿児島有里氏には万事にわたり本当にお世話になりました。皆さまに心からの感謝をささげます。

二〇〇二年二月二十二日

傅雷《フーレイ》の息子にして国際的ピアニスト、傅聡《フーツォン》の奏でるモーツアルトを聞きながら、

ナンテールにて　訳者識

文庫版訳者あとがき

このたびの文庫化に際し、本文に若干の手直しをほどこした。なお本書のタイトルは映画版邦題に準じたものでもともと訳者のアイデアではなかったが、現在、作品が「お針子」の愛称で親しまれている経緯もあり、文庫版でもこのままとした。

作者のダイ・シージエは現在も精力的な創作活動を続けている。仏語作家としては第二長篇『ディー判事コンプレックス（仮題）』――中国人初の精神分析医の遍歴をユーモラ

スに描く――によって二〇〇三年度フェミナ賞を受賞。さらに、つい先日の二〇〇七年一月には、後半部が欠損したある仏典の探求が語られる第三長篇『月が昇らなかった夜に（仮題）』を発表している。本業（？）の映画監督としては、女性同士の同性愛を扱った《植物学者の娘たち》が昨年（二〇〇六年）、フランスで公開された。こうした大車輪の活躍の詳細は、早川書房にて近日刊行予定のダイ・シージエ『ディー判事コンプレックス』訳者あとがきにてご報告しようと思う。

『バルザックと小さな中国のお針子』に戻ろう。単行本の刊行直後に、本作で重要な役を演じている傅雷――悲劇のバルザック翻訳家――とその息子のピアニスト傅聡との書簡集『傅雷家書』が邦訳されたことはなんとも奇遇だった（『君よ弦外の音を聴け』榎本泰子訳、樹花舎）。傅親子にご興味をもたれた方にぜひお薦めしたい。また前記のダイ・シージエ最新作『月が昇らなかった夜に』には本作の語り手、馬剣鈴が再登場――これもバルザック流――し、再教育中とその後のエピソードが別の視点から描かれている。彼の枕頭の書となった『ジャン・クリストフ』が、ふたたび思いもよらぬ運命をたどることになろうとは！　いずれ紹介の機会があればと思う。

最後に、今回お手を煩わせた早川書房編集部の山口晶氏に心よりの感謝をささげたい。

二〇〇七年二月十四日　西早稲田にて　訳者識

本書は二〇〇二年三月に、早川書房より単行本
として刊行された作品を文庫化したものです。

ハヤカワ epi 文庫は、すぐれた文芸の発信源（epicentre）です。

訳者略歴　慶應義塾大学文学部仏文科卒。同大学院修士課程およびレンヌ第二大学博士課程修了。現在、慶應義塾大学准教授。
訳書『額の星・無数の太陽』ルーセル（共訳）
『青い花』クノー，他多数

バルザックと小《ちい》さな中国《ちゅうごく》のお針子《はりこ》

〈epi 40〉

二〇〇七年三月十五日　発行
二〇一三年一月二十五日　二刷
（定価はカバーに表示してあります）

著者　ダイ・シージエ
訳者　新《にい》島《じま》進《すすむ》
発行者　早川浩
発行所　株式会社　早川書房

東京都千代田区神田多町二ノ二
郵便番号一〇一－〇〇四六
電話　〇三－三二五二－三一一一（大代表）
振替　〇〇一六〇－三－四七七九九
http://www.hayakawa-online.co.jp
乱丁・落丁本は小社制作部宛お送り下さい。
送料小社負担にてお取りかえいたします。

印刷・株式会社精興社　製本・株式会社フォーネット社
Printed and bound in Japan
ISBN978-4-15-120040-3 C0197

本書は活字が大きく読みやすい〈トールサイズ〉です。